Rafik Schami

Gesammelte Olivenkerne

aus dem Tagebuch der Fremde

Mit Illustrationen von
Root Leeb

Deutscher Taschenbuch Verlag

Ungekürzte Ausgabe
April 2000
Deutscher Taschenbuch Verlag GmbH & Co. KG,
München

Umschlagkonzept: Balk & Brumshagen
Umschlagbild: © Root Leeb
Satz und Lithos: Reinhard Amann, Aichstetten
Druck und Bindung: C. H. Beck'sche Buchdruckerei,
Nördlingen
Gedruckt auf säurefreiem, chlorfrei gebleichtem Papier
Printed in Germany · ISBN 3-423-12771-6

Für meinen
Bruder Mtanios,
mit dem ich meine ersten Olivenkerne
gefeilt habe

Die Traumfrau

Mein Freund A. erlitt eine Reihe von Niederlagen in der Liebe. Aber je öfter er scheiterte, desto komplizierter wurde die nächste Frau, die er suchte. Nach einer Lesung trafen wir uns auf ein Glas Wein. Er hatte sich gerade von seiner treuen, schönen, klugen, sportlichen, häuslichen und natürlichen Frau getrennt, weil sie schweigsamer gewesen war als ein Grab. Nun beschrieb er mir seine Traumfrau, die er, endlich gereift, verdient habe. Eine Mischung aus Mutter Theresa, Marie Curie, Clara Schumann, Marilyn Monroe, aus Talkmasterin, Ballettänzerin und einer modebewußten Untergrundkämpferin. Ich mußte lachen und wunderte mich nicht, daß viele

Frauen das Weite suchten, wenn ihnen die Hirngespinste meines Freundes klar wurden.

Doch plötzlich meldet sich A. bei mir. Überglücklich. Er hätte es selbst nicht geglaubt, aber die Frau seiner Träume sei da. Sie sei seine Freundin. Unglaublich! Zum ersten Mal erlebe er, wie sogar die trockenen Worte Hegels erotisch wirkten, wenn sie sie zitiere.

Einen Monat später allerdings weinte mir A. den Telefonhörer voll. Nein, nein, die Frau sei wirklich ein Traum, doch habe er nur noch schlaflose Nächte und frage sich, warum eine solche Frau ausgerechnet so einen miesen Typen wie ihn liebe, wo doch alle Welt ihr zu Füßen liege.

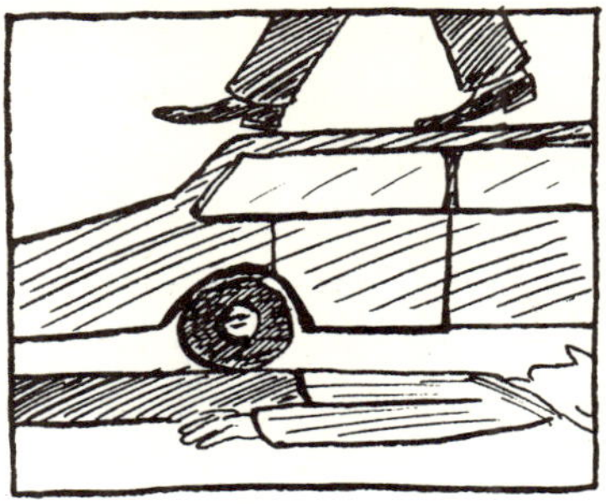

Nachahmen

Spätestens seit Anfang dieses Jahrhunderts kopieren die Araber alles, was Europäer erfinden. Sogar ein Grab des unbekannten Soldaten gibt es inzwischen in jeder großen arabischen Stadt. Auch der Herzinfarkt, der den Arabern früher absolut fremd war, ist eine Volkskrankheit geworden.

Und wenn die Europäer eines Tages aus praktischen Erwägungen, etwa zur Rationalisierung bei der Abwicklung von Begräbnissen, neben jedem Autofriedhof auch einen Friedhof für Autofahrer anlegen, dann werden die Araber es ihnen gleichtun. Aber ich bin sicher, hierbei werden sich erstmals gewisse Unterschiede ergeben – kulturell bedingt.

Auf den Grabsteinen des deutschen Friedhofs wird überall stehen: Er hatte Vorfahrt. Auf den Grabsteinen des arabischen Friedhofs wird die Inschrift dagegen einheitlich lauten: Er wollte stets Vorfahrt haben.

Zwischen Haben und Wollen liegt der große Unterschied – und die Misere.

Entdeckungssucht

Europäer unterscheiden sich von Indianern durch ihre Entdeckungssucht. Indianer sind dagegen immun. Aber manche Europäer sind so süchtig, daß sie sogar entdecken, was längst entdeckt ist. Amerika wurde von Columbus entdeckt. Als ob die Ureinwohner nicht gewußt hätten, daß sie da sind. Auch wir Ausländer und unser Elend wurden von einem süchtigen Weltumsegler namens G. W. mitten in Deutschland entdeckt. Die Reaktion der offiziellen Stellen im Lande war deutsche Betroffenheit. Und obwohl wir Steuern zahlen, durch dunkle Haut und Haare auffallen und bis 1985, dem Jahr der Entdeckung, ungefähr dreihundert Bücher in deutscher Sprache über unsere Träume, Schmerzen und Freuden geschrieben haben, hat niemand bis zur Entdeckung durch Herrn G. W. gewußt, ob und wie wir in Deutschland leben.

Das schlimmste daran ist aber die Idiotie mancher Ausländer, von G. W. begeistert zu sein, weil er sie entdeckt hat.

Metamorphose

Der Dichter steht scherzend mit uns im Raum, Zigarette im Mundwinkel, Gläschen Prosecco locker zwischen den Fingern. Egal ob er Witze zum besten gibt oder tiefschürfende Gedanken: Sein Blick wandert ständig beim Sprechen umher wie auf der Suche nach jemand. Die ihn umringenden Zuhörer genügen ihm offenbar nicht.

Endlich ist es soweit. Die Moderatorin ruft seinen Namen und bittet ihn, auf die Bühne zu kommen. Schritt für Schritt vollzieht sich nun eine Metamorphose:

Er geht gebeugt.

Seine Haare glänzen nicht mehr.

Sein helles Lachen stirbt auf den Stufen.

In seine Wangen graben sich Falten.

Die Stirn wird von Trauer umwölkt.

Die Augen blicken gebrochen.

Die Hände, eben noch fleischig und sicher, sind zittrig und knöchern.

Und als er endlich kaum hörbar sagt: »Meine Damen und Herren«, ist das gar nicht mehr seine Stimme, sondern ein Hilferuf direkt aus der Sahelzone – einschließlich Nummer des eingerichteten Spendenkontos.

Fragen

Lange dachte ich, die dümmste Frage, die man mir stellen könnte, sei: »Warum schreiben Sie auf deutsch?« Das fragt man mich wirklich. Mich, einen Autor nach zweiundzwanzig Jahren Exil in Deutschland. Erst habe ich mir alles Mögliche einfallen lassen. Heute gebe ich nur noch zur Antwort: »Weil Deutsche, Schweizer und Österreicher kein Arabisch können.«

Doch bald tauchte eine noch dümmere Frage auf: »Was wollen Sie uns mit Ihren Geschichten geben?« Das fragen nicht etwa Kinder, sondern Erwachsene vom Literaturkritiker bis zum progressiven Dritte-Welt-Spezialisten.

»Nichts«, antworte ich. »Genügen euch nicht vier Weltreligionen respektabelster Qualität? Euer Marximus made in Germany hielt nicht einmal 150 Jahre, unsere Religionen haben schon zweitausend Jahre und länger Bestand. Sie sind immer noch im Gespräch. Oder was ist mit der Zahl Null? Genügt sie euch auch nicht? Obwohl in Indien geboren, machte sie ihre Weltkarriere erst durch die Araber. Ohne die Null, die wir euch gaben, würde eure ganze Wissenschaft nicht funktionieren, eure Wirtschaft nicht, eure Computer – gar nichts. Seid froh, daß wir für die Benutzung der Null keine Gebühren erheben. Und was ist mit unserem Erdöl? Genügt euch das auch nicht? Was wollt ihr denn noch?«

Müllsortierer

Unsere Zeit ist erschreckend schnellebig. Die Entwicklung der letzten fünf Jahre hätte früher Jahrhunderte gebraucht. Der Koloß im Westen hat seinen östlichen Rivalen besiegt und ist selbst so entkräftet, daß er für die Zukunft keine Vision mehr besitzt. So fallen viele der ehemals bewegenden Ideen in einen bodenlosen Sumpf der Barbarei zurück. Extremer Nationalismus, Fundamentalismus und Bürgerkrieg sind Spielvarianten des Verlusts von Hoffnung auf Zukunft.

Angesichts dieser Lage stellt sich die Frage, wie nachfolgende Generationen den Menschen unserer Epoche definieren werden.

Unsere Zeit hat trotz aller Umwälzungen und Veränderungen eine globale Konstante:

Egal, ob durch Armut in Ägypten oder durch den grünen Punkt des Überflusses bei uns, der Mensch wird in einen Müllsortierer verwandelt. Wir werden in die Geschichte eingehen als homo purgamenta separans.

Moderne I

Als ich einmal eine Tüte billigen Orangensaft erst zerquetschen mußte, um meinen brennenden Durst zu löschen, hatte ich plötzlich, während ich den verspritzten Saft von Tisch und Boden aufwischte, die Vision eines Menschen, der verdurstet in seiner Wohnung gefunden wird. Er liegt mit wunden Fingern und schiefem Lächeln erstarrt mitten in einem Haufen aus Milch- und Safttüten, die er nicht aufreißen konnte. Eine komische Vorstellung, die mich seither aber immer wieder heimsucht. Einmal zum Beispiel in Norddeutschland: Die Lesung war zu Ende, einige Zuhörerinnen standen vor meinem kleinen Tisch, um ihre Bücher signieren zu lassen. Eine ältere Dame reichte mir ein eingeschweißtes Exemplar. Ich bat sie, es auszupacken, da an diesem Abend noch viele warteten. Sie antwortete verlegen: »Ich habe es versucht, aber es ist mir nicht gelungen.« Dafür werde ich die Folienverpackung von Büchern auf immer hassen, denn in jenem Moment verschwand die Grenze zwischen Büchern, Safttüten und Sardinendosen.

Winzlinge

Unglaublich, daß die deutschen Medien noch immer einen ehemaligen Söldner namens Peter Scholl-Latour und einen längst überführten und verurteilten Plagiator namens Gerhard Konzelmann als Nahostexperten bezeichnen. Aber es liegt nicht allein an der Macht der Medien, sondern auch an der Feigheit derer, die sich zu den wahrhaftigen Experten der arabischen Kultur zählen. Und damit fällt man ein mildes Urteil über dies schweigsame Heer von Beamten und freiberuflichen Lehrbeauftragten. Man könnte auch sagen, sie hätten wohlwollend zugelassen, daß die arabische Kultur von lauter stupiden Wortprostituierten beleidigt, beschuldigt und beschimpft wurde. Die gleichen sogenannten wahren Nahostexperten in ihren verstaubten Universitäten, die überheblich den Einfluß der Araber-Hasser bagatellisierten, jammern heute, daß die Bevölkerung eine Meinung vom Orient, von Arabien und vom Islam hat, die so ist wie das, was Konzelmann, Scholl-Latour und andere Stammtischtheoretiker jahrzehntelang gepredigt haben. Und mit niedergeschlagenen Augen flüstern sie: »Da kann man nichts machen. Das sind die Medien.«

Mein Vater pflegte als Kommentar über alle orientalischen Herrscher eine Anekdote zu erzählen: Einmal wurde Pharao von einem Gegner wütend gefragt: »Wer hat dich zum Pharao gemacht, daß du so mit unserem Leben spielst?« – »Ich, und niemand hat protestiert«, antwortete der ägyptische Herrscher und lachte.

Loblied

Siedendheiß überkam es mich heute mittag, daß noch kein Dichter, kein Essayist, kein Philosoph dem Bürokraten ein Loblied gewidmet hat.

Bürokraten, dieses unverwüstliche Geschlecht einer Herrscherdynastie, das seit Jahrtausenden ohne Getöse herrscht. Welch ein Versäumnis! Könige stürzten. Der Bürokrat blieb. Revolutionäre jagten ihn mit Pauken und Trompeten zum Teufel. Der Bürokrat blieb ruhig, die jahrtausendelange Erfahrung war seine Sicherheit. Er machte so lange Urlaub beim Teufel, bis der Revolutionär kriechend zu ihm kam und ihn leise bat, wieder zurückzukehren. Was sind die Herrscher aller Zeiten für lächerliche Zwerge im Vergleich zu dem einzig ewigen Herrscher: dem Bürokraten.

ER ist leise und laut, höflich und grob, eifrig und träge, perfekt und nachlässig, rational und irrational – immer das, was seine Macht erhält. Und ich wette, wenn unsere Erde ihr atomares Ende nimmt, werden die Kakerlaken und Bürokraten überleben. Erstere wegen ihres Chitinpanzers, die Bürokraten, weil irgendeiner dem Leben der Kakerlaken einen Sinn geben muß.

Kronprinzerwürger

Unter Herrschern – ob in den Chefetagen der Wirtschaft, in Regierungen, in Verlagen oder Redaktionen – gibt es viele Königsmörder, aber nur einen Kronprinzmörder. Und das ist naturgemäß der König selbst. Königsmörder haben kein Gesicht, und es ist nicht entschieden, ob die Zeiten nach ihrer Tat besser oder schlechter werden. Kronprinzerwürger haben dagegen immer dasselbe Gesicht: freundlich, ein wenig plump und naiv, Sorglosigkeit, oft sogar Schwäche vortäuschend. Ein Chamäleon würde blaß vor Neid im Angesicht eines Kronprinzmörders, der so weit geht, sich selbst öffentlich bloßzustellen und lächerlich zu machen, bis der getarnte Kronprinz den Kopf hebt. Zack! Und der Kronprinz ist weg. Fort aus der Redaktion, runter vom weich gepolsterten Schreibtischsessel der Bank, raus aus der Politik, weg aus der Spitze des Verlags. Erst jetzt erkennt der kopflose Kronprinz a. D., wie zielstrebig sein Mörder die Köder ausgelegt hat, um die Reihen der Schleimer hinter sich von jedem Ehrgeizling zu säubern.

Wie gesagt, bei Königsmördern weiß man nie, was nach dem König kommt. Kronprinzmörder dagegen lassen nur verbrannte Erde zurück.

Weitsicht

Das Auge war von jeher weitsichtiger als alle anderen Sinne, und es erzählte von den Wundern der Welt. Aber die andern Organe nahmen das Auge nicht ernst, weil es von fernen Landschaften schwärmte, die das Ohr nicht hörte, die Nase nicht roch, die Zunge nicht schmeckte, Hand und Fuß auch nicht fühlten.

Doch eines Tages sagte das Auge: »Vorsicht, hier ist eine Grube!«

»Fängst du schon wieder an«, höhnten einstimmig Hand und Fuß. »Wir fühlen keine Grube!«

»Ich rieche sie auch nicht!« sagte großmäulig die Nase.

»Eine Grube? Schmecke ich nicht!« widersprach auch der Mund.

»Ehrlich gesagt, ich höre sie ebenfalls nicht!« meldete sich zuletzt noch, wiewohl etwas höflicher als die andern, das Ohr zu Wort.

Es dauerte nicht lange, da stürzte der Fuß und riß Hand und Mund, Nase und Ohr und auch das Auge mit sich hinab. Der Sturz sorgte bei allen für Schmerzen. Und das Auge litt wie die andern und weinte. An diesem Tag verstanden die anderen Sinne zum ersten Mal die Bedeutung der Weitsicht.

Die Liebenden

Ein Lektor, der sich für einen extremen Linken hielt, nur weil er Enver Hodscha anbetete, in Wahrheit aber ein evangelischer Spießer war, hatte bei der Korrektur meiner Geschichte »Blumer« den Ausdruck »die beiden Liebenden« durch »die beiden Ehebrecher« ersetzt und wollte mir sagen, das sei präziser. Doch ich ließ mich nicht überzeugen, auch weil ich den Genuß meiner liebenden Figuren mit Sympathie bejahte, aber vor allem, weil wir in Arabien keine Beziehung zu dem Wort »Ehebruch« haben. Ich verstehe das Wort in der deutschen Sprache, denn dort, wo man sie spricht, ist Ehe ein Vertrag, den man hält oder bricht. In Arabien ist die Ehe historisch und sprachlich durch die Zugehörigkeit der Vermählten zur Sippe bestimmt. Jede Liebhaberei eines verheirateten Menschen zählt als Verrat an der Sippe und wird auch als solche be-

zeichnet: »Eheverrat« wird die außereheliche Liebe genannt.

»Eheverrat ist zu dick aufgetragen für deutsche Leser«, beanstandete der Hodscha-Verehrer.

»Und Ehebruch ist zu deutsch für meine orientalischen Liebenden«, erwiderte ich. Wir ließen es bei der alten Wendung.

Doch der Lektor wäre seinem Spießertum nicht gerecht geworden, hätte er es bei dem erarbeiteten Resultat belassen. Er aber gab – ohne mein Wissen – »die beiden Ehebrecher« in Druck. Ich erfuhr es zu spät, erst als ich das Buch in Händen hielt. Doch in der zweiten Auflage ließ ich »die beiden Liebenden« dafür setzen. Der Lektor hat inzwischen seinen Beruf aufgegeben, Enver Hodscha auch! Aber nicht die Liebenden! Weder im Orient noch Okzident!

Der E-Furz

Der Saal der Stadtbibliothek war zum Bersten voll. G. ist ein berühmter Autor. Welche Art von Literatur er schreibt, wird einem bereits durch die Ernstigkeit seines bekannten Isolde-Ohlbaum-Portraits deutlich gemacht. Der Schriftsteller schaut, als hätte ihm die Fotografin gesagt: »Tut mir leid, dies ist Ihr letztes Foto. Gerade wurde eine Atomrakete auf Deutschland abgefeuert!«

Zur Begrüßung lobte die Bibliothekarin das Werk des Autors, seine Ernsthaftigkeit und Schwere, die ihn zum angesehensten Vertreter der E-Literatur machten. Ihre Worte ließen keinerlei Freude anklingen. Bleischwer erdrückten sie das letzte Lächeln, das noch erwartungsvoll auf den Gesichtern tanzte.

Mit bedeutungsvoll tiefer, von Trauer getragener Stimme begann der Autor seinen Text zu lesen. Er handelte vom Vater, einem preußischen Offizier. Ein heftiger Streit zwischen Vater und Sohn braute sich zusammen, und gerade, als der Autor mit lauter Stimme die Worte: »nur mit Pflicht und Verantwortung« sprach, entfuhr ihm ein mächtiger, tosender Furz.

Die bleierne Stille zerriß. Der Autor verstummte. Langsam hob er den Kopf und schaute das Publikum an wie vor Zeiten die Fotografin. »Ich hätte die Zwiebel nicht essen sollen!« murmelte er. Ein Lachen kollerte frech von Mund zu Mund und schwoll zu einem Gelächter an, das den Saal erschütterte und nicht enden wollte. Einer rief aus der hintersten Reihe: »Ich hätte die Bohnen nicht essen sollen!« und ließ einen zweiten Furz hören, der den Vergleich mit dem ersten nicht zu scheuen brauchte. Der Abend war gelaufen. Der Autor unternahm drei Versuche, seinen hochliterarischen Text doch noch vorzutragen, aber die Leute lachten.

»Sie sollten jetzt etwas Heiteres lesen!« soufflierte die erfahrene Bibliothekarin ihrem angebeteten Gast. Aber Heiteres hatte G. immer verpönt. Wütend verließ er den Saal, was die Leute noch mehr lachen ließ.

Und ich fragte mich, woher ein Furz die magische Kraft erhielt, einen Autor von Rang hinwegzublasen. Ich fand nur die eine Antwort: Das muß ein Furz der E-Klasse gewesen sein.

Das Foto

In der Mitte des Bildes tanzt mein zweijähriger Sohn Hand in Hand mit einer kleinen Hexe, die so gut geschminkt ist, daß ich bis heute nicht weiß, wer sie war. Er war ein Seemann mit ständig verwischtem Schnurrbart. Am linken Rand des Bildes steht ein Junge mit Pistole, die er mit beiden Händen hält, als wäre er just einem amerikanischen Krimi entstiegen. Wenn man die Fotoecke links unten genauer anschaut, sieht man auch noch einen gelben Strich, der aus dem Nichts auftaucht, durch das Bild läuft und danach wieder steil ins Nichts verschwindet. Der gelbe Strich war in Wirklichkeit eine Luftschlange, die ein schönes, melancholisches Mädchen von höchstens fünf Jahren auf ein anderes Kind in meiner

Nähe warf. Das Mädchen bemühte sich während des ganzen Kinderfaschings, jedes Kind, das ihr gefiel, mit Luftschlangen zu umwickeln, um es danach verlegen wieder aus dem Gewirr zu befreien. Die Kinder rannten sogleich davon und beachteten das Mädchen kaum, und sie versank in eine andere Welt, nahm abermals eine Papierrolle aus ihrer Tüte und wagte einen neuen Annäherungsversuch. Das Kind neben mir war als Drache verkleidet und fing fürchterlich an zu weinen, als das Mädchen es geschickt mit dem gelben Papierstreifen umwickelte. Der Drache wirkte lächerlich mickrig und elend unglaubwürdig, das bemühte, errötete Mädchen dagegen großartig. Vielleicht paßte das Mädchen deshalb keinem. Einsamkeit ist nichts anderes.

Die Wette

Mein Freund B. ist ein gerissener Wettteufel. Ich vermeide jede Wette mit ihm. Er gewinnt immer. Aber am letzten Dienstag geriet ich doch unversehens, trotz aller Vorsicht, in eine Falle. Es war zu verlockend.

Er besuchte mich. Während ich Kaffee machte, las er die Zeitung. »Schau mal!« rief er plötzlich und klopfte mit dem Zeigefinger auf die Ankündigung eines amerikanischen Spielfilms, der am späten Abend im Fernsehen lief. Die Geschichte spielte in Arabien.

»Wetten, daß die Amerikaner kein einziges Kopftuch richtig binden können!« Das war mehr als frech. In einem Monumentalfilm mit einer großen Zahl von Haupt- und Nebenrollen und noch dazu Tausenden von Komparsen mußte schon nach dem Wahrscheinlichkeitsprinzip wenigstens eine Wicklung des arabischen Kopftuchs korrekt sein. Jedes arabische

Kind beherrscht sie spätestens mit acht Jahren.

Um jedem Streit aus dem Weg zu gehen, schalteten wir auch das Videogerät an. Der Film lief, und ich suchte verzweifelt nach einem einzigen richtig gebundenen Kopftuch, doch ich fand keins. Als der Film zu Ende war, verabschiedete sich mein Freund mit den Worten: »Prüf es ruhig noch einmal langsam, und wenn du fertig bist, komm zu mir zum Abendessen. Aber vergiß den Schampus nicht. Haben wir um eine Flasche gewettet oder um eine Kiste?« fragte er hämisch.

»Eine Kiste!« fauchte ich ihn an.

Ich konnte nicht schlafen. Ich spulte den Film zurück und ließ ihn noch einmal laufen, stoppte, untersuchte Hunderte Köpfe von Bauern, Passanten, Bettlern, Soldaten, Prinzen, Händlern, Zuhältern und Frommen. Nichts! Meine Suche wurde immer verbissener. Die exotischsten Kreationen fand ich, aber keine einzige Person trug das Kopftuch richtig.

Auch am nächsten Tag durchsuchte ich den Film. Nichts. Ich gab mich geschlagen und dachte an die unendlichen Möglichkeiten der Fälschung einer einzigen Wirklichkeit.

Preisempfehlung

Es gibt fast für alle Künste inzwischen Preise. Doch eben nur fast. Einige seltene Künste kommen trotzdem zu kurz. Niemand beachtet sie.

Ich empfehle hiermit verbindlich die Stiftung eines Preises für die mißachtete Kunst des Zuhörens. Ein seidenes Ohr für den sensibelsten Zuhörer, ein samtenes Ohr für Platz zwei und ein ledernes Ohr für den dritten.

Die Bedeutung dieser Kunst liegt auf der Hand und bedarf keiner langen Begründung. Was wären Eltern, Kirche, Parteien, was wären Schulen und Radios, was wären Sänger und Predigerinnen aller Art, was wären Mann und Frau, flüsternde Liebende ohne das Zuhören des andern? Nichts!

Wie aber mißt man, wer nun am besten zuhört? Wenn das akustische Angebot gut ist, wird die Prüfung schwierig. Das Vermögen zuzuhören erscheint um so deutlicher, je unerträglicher das Material wird, das man den Ohren vorsetzt. Also ließe sich beispielsweise in Haushalten, die sich für den Preis bewerben, einfach ein Tonband aufstellen, das alle Gespräche des Tages aufzeichnet. Das Familienmitglied, das am Abend die meisten Äußerungen der andern noch sinngemäß wiedergeben kann, wäre des seidenen Ohrs durchaus würdig.

Oder wenn der Andrang der Bewerber zu groß wird, soll ein besonders inhaltsarmer, doch weitschweifiger Text von höchstem Anspruch, aber sprödester Bildlosigkeit zwei Stunden lang in einem sterilen grauen Raum monoton vorgetragen werden. Wer kein einziges Mal dabei gähnt, bis zum Ende wach bleibt und dann den Text möglichst umfassend in all seinen geistigen Ebenen wiederzugeben imstande ist, hat ein prächtiges Ohr in Seide verdient.

Ich wette, die drei Gewinner werden Frauen sein. Warum? Das ist eine andere Geschichte.

Diaabende

Vielen Menschen, Tieren, Gegenständen oder Geräuschen trauere ich nach. Irgendwann einmal kreuzten sie meinen Weg, und ich gewann sie lieb.

Genauso überraschend war dann ihr späteres Verschwinden. Abgelebt, ausgestorben, nicht mehr vorhanden, nicht mehr gefragt. Aber das Aussterben der Diaabende erfüllt mich mit Glück.

Der Diaabend, ein verbreitetes Untier der sechziger und siebziger Jahre, scheint ausgestorben zu sein wie die Saurier.

Damals war man bei keinem Besuch vor ihnen sicher. Auch die besten Freunde waren nicht gegen den bannenden Strahl auf die Leinwand immun. Auffallenderweise waren es meistens Männer, die mit ihrer Diaschau glaubten, anderen eine Freude zu machen.

Nichtsahnend betrat man das Wohnzimmer des Gastgebers. Dort, im gedämpften Licht, lauerte grausam schon wieder der graue Projektor. Und der sympathische Gastgeber entpuppte sich als ein rücksichtsloser Geiselnehmer und Folterer. Der Abend schien endlos wie die gefüllten Diakästen. Die Zuschauer quittierten heuchlerisch noch die ödesten Bilder mit »Ahhh« und »Ohhh«, vielleicht in der Hoffnung auf wenigstens eins, das zu sehen den Abend lohnte. Aber schon holte der Hausherr das gerade mit lauter Verzückungsrufen entlassene Dia vor die Projektorlampe zurück, um es noch einmal gebührend bewundern zu lassen.

Damit ich nicht mißverstanden werde: Ein Jahrmarkt der Eitelkeit war das nicht, eher eine Spelunke der Heuchelei. Die Ruhigstellung der Geiseln wurde in aller Regel mit Salzstangen und Bier erreicht.

Das ist nun alles zum Glück vorbei. Aber die Freude über das endliche Aussterben der Diaabende wich einer Angst, als die Saurier plötzlich milliardenfach auferstanden und in einem gewaltigen Lichtstrahl wieder über die Erde herfielen. Wer weiß, frage ich mich, wann Steven Spielberg auf die Idee kommt, den Diaabend zum neuen Kult unserer Zeit zu erheben?

Experten

Ein dreißigjähriger Wissenschaftler aus Malula, einem aramäischen Dorf in Syrien, betritt zum ersten Mal in seinem Leben Zürich und hat keine Ahnung von der Schweiz, außer, daß er ein paar Vorlesungen darüber gehört hat. Er lernt den Zürcher Dialekt mehr schlecht als recht, läßt einige hilfsbereite Zürcher stundenlang Geschichten, Sprichwörter, Witze, Lieder und Alltagskram erzählen, nimmt alles auf Kassetten auf und kehrt zwei Jahre später nach Malula zurück. Dort läßt er das Tonbandmaterial abtippen und füllt damit 2000 Seiten. Von nun an nennt er sich *Experte für den Zürcher Dialekt.* Zu seiner Enttäuschung ist der Zürcher Dialekt heute nicht mehr das, was er mal war. Er vergleicht ihn gern mit dem Italienischen, während er »den echten« mit Latein gleichsetzt. Zudem sprechen, seiner Meinung nach, die Zürcher ihren Dialekt auch noch falsch. Und käme heute ein Bewohner des alten Turicum nach Zürich, würde er kein Wort verstehen. Das wäre doch eine Schande. Deshalb sei es unumgänglich, daß *er* den bedrohten Zürcher Dialekt rette. Schließlich sei er *der* Experte, er habe ja schließlich zwei Jahre in Zürich gelebt.

Diese unglaubliche Geschichte wurde tatsächlich erzählt, nur nicht in Malula, weil die Leute dort, so schlecht sie auch ihre uralte Sprache sprechen, doch über einen feinen Sinn verfügen, der solche Geschmacklosigkeiten verbietet. Nein, diese Geschichte hat ein deutscher Professor in Heidelberg über seinen Assistenten erzählt, und weil er begeistert war von ihm und sicher, daß die Malulianer, die seinen Assistenten zwei Jahre lang erduldet hatten, kaum Deutsch konnten, brachte er die Geschichte gleich in den Wochenendbeilagen mehrerer Zeitungen unter. Da soll noch einer sagen, Professoren könnten keine Märchen erzählen.

Lottospieler

Früher habe ich einmal im Monat Lotto gespielt. Als Naturwissenschaftler wußte ich genau, daß es keinen Sinn hat, beim Ankreuzen nachzudenken. Ich fing einfach an und füllte zwei Felder aus. Damals kostete das eine Mark dreißig. Es war mein Plan, wenn ich gewänne, gleich mit der Schriftstellerei zu beginnen. Ich hatte kein Geld und viele Ideen. Aber schon für das Kitzeln der Illusion kurz vor der Ziehung waren die einsdreißig eine günstige Investition.

Das ist eine Weile her, doch ich erinnere mich gern an die Gesellschaft der fröhlichen, nüchternen, süchtigen, melancholischen, hoffnungsvollen, verzweifelten Tipper. Aber die Jahre verwischten all ihre Gesichter in meiner Erinnerung. Nur ein einziges hat sich gegen die Zeit behauptet. Es gehörte einem kleinen, knochigen Mann, der über siebzig war. Ich traf ihn

Lotto am Samstag

immer wieder bei der Lottoannahme. Er saß da, trank Kaffee aus einer Thermosflasche, die er jedesmal mitbrachte, machte nach langem Nachdenken ein Kreuz und versank dann wieder in eine ferne Welt. Erst war sein Gesicht ernst, dann wurde es immer düsterer, doch schließlich stöhnte er erleichtert auf, als wäre er eine Last los. Er setzte seinen Kugelschreiber so zögernd auf, als ginge es um die Entschärfung einer Autobombe, malte sein Kreuz und schüttelte dabei bedauernd den Kopf, als beginge er einen Fehler. Und so immer wieder – bei jedem Kreuz!

Ich wagte nie, ihm eine meiner tausend Fragen zu stellen, die sich bei seinem Anblick in meinem Kopf drängten, sondern war zufrieden, daß das Leben immer noch voller unerklärlicher Kuriositäten war, und zwar nicht in exotischer Ferne, sondern gleich hier um die Ecke.

Beamtenlyrik

Ein deutscher Schriftsteller erzählte mir eine Anekdote über einen Literaturprofessor aus Wien und schwor, daß er nichts als die Wahrheit erzähle. Das brauche er nicht zu beschwören, sagte ich ihm, denn derselbe Professor hatte auch mir etwas Ähnliches geschrieben, und da ich kuriose Briefe aufzuheben pflege, zeigte ich dem Kollegen meine Variante, und wir lachten Tränen über den dichtenden Hochschullehrer.

Der Professor hatte mich in einem Brief voller Lob und übersteigerter Höflichkeit gefragt, ob ich vielleicht an einem dreitägigen Seminar über Ausländerliteratur teilnehmen könne. Ich hatte Zeit und eigentlich sogar Lust, vom Schreibtisch wegzukommen. Also bejahte ich seine Frage und verlangte ein bescheidenes Honorar. Doch der Professor beantwortete mein Angebot mit einem Satz, auf den er wahrscheinlich stolz war, weil er ihn bestimmt vom Klang her sehr gelungen fand. »Ich rate Ihnen«, schrieb er:

Sie sollen
für die
und
nicht von der
Kunst
leben.

Gewiß ist er weder der erste noch der letzte, der das sagt. Auch Anfänger unter den Dichtern nehmen oft solche reaktionären Hohlsätze in den Mund, ohne ihr Hirn mit der Frage zu beschäftigen, wie sie mit ihren Metaphern und Versen Miete, Lebensmittel und Krankenkasse bezahlen wollen. Natürlich folgte ich weder der Einladung noch dem Rat des Professors. Ganz kurz schrieb ich ihm damals: »Ihre Empfehlung, die übrigens ein Plagiat ist, kann nur ein Beamter mit sicherer Rente wie Sie aussprechen.«

Fehlkonstruktion

Tante Rosa rief an, und sie ging wie immer strategisch vor: Erst erledigte sie die Familie, dann das gesamte christliche Viertel in Damaskus, danach Syrien als Ganzes. Im nächsten Schritt vernichtete sie Arabien mit ein paar kurzen, bitteren Worten, zuletzt war der Kontinent dran. »Wozu Asien?« fragte sie mich, erwartete aber keine Antwort. Jetzt waren die anderen Kontinente dran. Die einen griff Tante Rosa wegen ihrer unmenschlichen Kolonialherrschaft an, die anderen wegen ihrer Dummheit, sich kolonialisieren zu lassen. Schließlich überzog sie die ganze Erde mit ihrer Kritik und griff sogleich auch die himmlische Ordnung an.

»Wenn ich da oben dem Herrn mal begegne,

werde ich ihm meine Meinung sagen, daß der Mensch eine Fehlkonstruktion ist. Er hätte uns entweder etwas weniger Verstand und Erfindungsgeist mitgeben sollen oder aber einen deutlich besseren Körper, der Geschwindigkeiten von zweihundertfünfzig Stundenkilometern locker verträgt und im Fall eines Aufpralls ohne Probleme zusammenbleibt oder zumindest durch Nachwachsen der zerstörten Organe wieder in Ordnung kommt. Wie Gott das eingerichtet hat, das ist keine Qualität. Und überhaupt, was sind denn das für Organe?

Die Augen zum Beispiel – eine schwachsinnige Erfindung! Natürlich würde ich das dem alten Herrn etwas höflicher sagen. Er ist, wie man hört, ja mimosenhaft bei Kritik. Aber bitte, ich meine: Die Augen erliegen jeder Verführung und lullen das Hirn ständig ein. Die Ohren sind, wenn auch ein bißchen skeptischer als die charakterlosen Augen, gegen viele Töne zu wenig immun. Und die Zunge? Mein Gott, die Zunge – zum Wegschmeißen! Ein unterwürfiges Organ ohne jegliches Rückgrat. Ich füttere sie, und sie sagt, was ich will!«

Neutrum

Das Neutrum der deutschen Sprache kann ich auch heute, nach über zweiundzwanzig Jahren in Deutschland, noch nicht leiden. Die arabische Sprache kennt kein Neutrum.

Ein Fremder, der die deutsche Sprache liebt, schließt Frieden mit den Konjunktiven und meinetwegen auch mit den Vorsilben, selbst wenn manche schwer zu verdauen sind. Aber mit dem Neutrum ist nicht einmal ein Waffenstillstand möglich. Ein Neutrum, mit dem der ausländische Mensch in seiner Kindheit und Jugend nie zu tun gehabt hat, ist nichts anderes als eine heimtückische Falle. Etwas Müdigkeit, etwas Trauer oder Wein, Wut oder Begeisterung, und schon sagst du: Der Oberhaupt der Familie begrüßte mich. Dein Gesprächspartner lächelt, wenn du Glück hast, dezent, so dezent, daß du merkst, du hast einen Fehler gemacht. Dein geübtes Ausländerdasein läßt dich den

Missetäter sofort erkennen. Oberhaupt, ja. Dann flüsterst du etwas verwundert: »Sagt man die Oberhaupt?« Wieder daneben. »Nein, das Oberhaupt.«

Das deutsche Neutrum ist aber nicht neutral. Im Akkusativ hält es noch die Fahne seiner dubiosen Neutralität hoch, taucht jedoch der Dativ auf, so legt das Neutrum sich auf die männliche Seite. Es heißt, ich überreichte ihm das Geschenk. Das macht das Neutrum so katastrophal. Ich sehe eine junge Frau vor mir. Die Deutschen nennen sie Mädchen! Und ich muß daher im Dativ von ihr wie von einem Mann sprechen.

Manche schlauen Ausländer entwickeln Techniken, um die sprachliche Polizeikontrolle zu überlisten. Ein beliebter Trick ist es, die unsicheren Artikel leiser auszusprechen als die anderen. Eine zweite Möglichkeit ist eine Mischform zwischen der, die und das sehr schnell zu sprechen. Es hört sich an wie: d'Oberhaupt. Kein Mensch merkt die Mogelei. Der dritte Ausweg besteht darin, alles im Plural zu sprechen. Das ist eine todsichere Sache: Die Oberhäupter, die Gespräche, die Komitees. Doch die übereilte Erleichterung führt unversehens zu Peinlichkeiten, wenn man dauernd in Betten schläft und in vielen Gehirnen seine Ideen hat.

Augenreiben

Es stand in der Zeitung: »Das Bistro war leer. Die Frühstücksrunde war gerade zu Ende gegangen, bis zum Mittagessen blieb noch Zeit. Der Wirt wollte eben die letzten Tassen abräumen, um sie zu spülen. Plötzlich wurde er leichenblaß. In der Tür stand ein Löwe mit gähnend aufgerissenem Rachen. Der Wirt rieb sich die Augen, um die Halluzination fortzuwischen, und schaute noch einmal zur Tür. Der Löwe stand immer noch da, ja, er bewegte sich langsam zur Tür herein …«

Der Bericht ist authentisch. Es ging um elf einem Circus entlaufene Löwen. Sie fraßen die Buletten von der Theke, ansonsten stellten sie nichts Böses an, bis sie der Circusdompteur wieder einfing. Die Geschichte ereignete sich in einem Städtchen im Norden Frankreichs. Die einzige Lüge ist, daß sich der Wirt die Augen rieb. Er rieb sie sich nicht. Aber wie oft lesen wir, daß sich jemand vor Staunen die Augen rieb? Auch die Filmindustrie läßt zur Genüge Schauspieler Augen reiben. Bei meinen eigenen Begegnungen mit gefährlichen Tieren habe ich alle möglichen Reaktionen durchlebt vom Erstarren bis zum blitzschnellen Fortspringen, nur die Augen rieb ich mir nie. Trotzdem würde auch ich beim Erzählen sagen: »Ich rieb mir die Augen, doch die zehn Wölfe waren noch da. Mein Pferd scheute, warf mich ab und lief schneller fort als der Wind.«

Offensichtlich sind es die kleinen Lügen, die uns das absolut Unwahrscheinliche der Wahrheit glaubhaft machen.

Autowäsche

Ich weiß nicht, wer auf die Unsitte kam, samstags am Straßenrand Autos zu pflegen. Vielleicht waren andere hygienische Möglichkeiten am Anfang beschränkt, aber heute? In der nahen Tankstelle werden »der Umwelt zuliebe« inzwischen zwölf verschiedene Reinigungsprogramme angeboten, die das Auto bis in den letzten Winkel staub- bis keimfrei machen und vor jedem Rost und Frost schützen. Fehlt leider nur noch ein Zusatzprogramm, das dem Auto eine erotische Massage mit ätherischen Ölen bei gedämpftem Licht gönnt. Dieses Programm könnte mir samstags vielleicht den Anblick meines Nachbarn von gegenüber ersparen.

Jeden Samstag breitet er seine diversen Utensilien säuberlich auf einem großen Tuch aus, geht mehrmals um sein Auto herum und schaut es mit gierigen Augen an, als sähe er sein Vehikel zum ersten Mal. Da und dort streift er mit der Handfläche über das Blech, dann fängt er an, mit dem Auto zärtlich zu reden. Er erklärt ihm genau, was er vorhat. Dann legt er los. Sein Programm hält er mit eiserner Disziplin ein. Es stört ihn nicht, wenn das Wetter umschlägt, plötzlich Besucher kommen oder ein Unfall an der nächsten Kreuzung passiert. Seine Frau ist längst verzweifelt und hat sich nach unzähligen Bettelgängen geschlagen gegeben: Samstags zwischen neun und zwölf gibt es für ihn nur das Auto, niemanden sonst.

Eine radikale Veränderung vollzieht sich samstags an diesem Mann. Sechs Tage der Woche lebt er leise und schüchtern. Aber am Samstag beschallt er die ganze Straße mit überlauter Discomusik und kommentiert aufdringlich Passantinnen.

Seit kurzem jedoch ist etwas passiert. Autopflege kann man das nicht mehr nennen. Es ist ein Vergehen am Auto. Der Nachbar legt sich über das arme Ding, und was danach kommt, ist ein einseitiger sexueller Akt, einschließlich Schmeicheln und Stöhnen, Grapschen und Reiben, Lachen und Wiehern. Nur das Auto bleibt stumm. Es wird Zeit, für diese stumme Mehrheit ein Gesetz zum Schutz gegen sexuellen Mißbrauch zu erlassen.

Moderne II

Die neunziger Jahre fingen schlecht fürs Auge an. In den Siebzigern und bis zum Ende der Achtziger konnte man sich aufs Auge verlassen. Konservative unterschied man leicht von Progressiven allein durch ihr Äußeres. Doch gegen Ende der achtziger Jahre schlüpften viele in Kleider und Haut ihrer Gegner und machten damit die Demarkationslinie zunichte. Auf einmal war man sich in Jeans mit dem Klassenfeind zum Verwechseln ähnlich.

Heute würde es an Leichtsinn grenzen, wollte man einen Menschen nur nach dem Aussehen einordnen. Ein Bankier läuft nicht selten herum wie ein Student älteren Semesters, und der zwanzigjährige Beamte der Ausländerbehörde, der mich mit allen Tricks und Fallen ausweisen wollte, hatte einen Haarschnitt wie ein Punker und trug zwanzig Ringe an Nase, Ohren und Fingern.

Heute flanieren die biedersten Männer und Frauen herum wie Strichjungen, Huren oder wie Clowns. Wer am Samstag beim Einkaufen im grellen Joggingdress rumläuft, ist mit Sicherheit der faulste aller Nachbarn. Echte Huren haben nur noch eine Chance, ihre Freier zu verführen, wenn sie im Internatskostüm nonnenhaft auf und ab trippeln, Clowns werden erst wieder komisch, wenn sie in blauen Nadelstreifenanzügen auftreten.

Wenn das so weitergeht, sehe ich hoffnungsvoll eine große Chance fürs Ohr, ein wenig von seinem früheren Einfluß bei der Urteilsbildung zurückzugewinnen.

Quiz

Angesichts rückläufiger Einschaltquoten mußten die Gewinne bei allen Quizsendungen auf hunderttausend, fünfhunderttausend oder sogar auf eine Million Mark erhöht werden. Doch die Einschaltquoten rasten weiterhin gnadenlos in die Tiefe.

Da kündigte der Privatsender RFW den sensationellsten aller Gewinne an: unbegrenzt! Der Kandidat, der am Ende als Sieger hervorgeht, darf sich alles wünschen. Der Erfolg schien dem cleveren Programmdirektor recht zu geben. Schon Wochen im voraus fieberten die Menschen dieser Quizsendung entgegen.

Bei der ersten Sendung fielen die vier Kandidaten den gnadenlos schwierigen Fragen zum Opfer: kein Gewinner, Einschaltquote

75,4 %. Das gab es noch nie in der Geschichte des Fernsehens.

Zweite Sendung: wieder kein Gewinner, Einschaltquote 82 %. Drei Fernsehanstalten entließen ihren Vorstand und suchten fieberhaft nach einem Ausweg aus ihrer Krise.

In der dritten Sendung geschah, was 92% aller Zuschauer den Atem verschlug. M. B., eine sechzigjährige Frau, beantwortete alle Fragen ruhig und gelassen. Ihr Wissen entsprach einer Bibliothek von ca. 30.000 Bänden. Der Moderator wurde blaß. Er zitterte trotz vierzehn Jahren Quizmaster-Erfahrung, als er versuchte, den knappen Satz auszusprechen: »Und nun Ihr Wunsch!« Seine Stimme blieb beinahe tonlos.

Die Frau schaute den Moderator kühl an: »Ich wünsche mir, daß Ihr Sender einen Monat lang nur die Wahrheit, kein Wort der Lüge sendet. Ein Gremium meiner Wahl wird die Sendungen überwachen.« Der Moderator lachte erleichtert auf. Im Hintergrund war enttäuschter Beifall zu hören. Erst spät erkannte der Fernsehintendant die Katastrophe. »Das ist der Ruin!« brüllte er seinen Krisenstab an. Man versuchte die Frau umzustimmen, bot ihr traumhafte Preise an. Aber sie winkte ab. Der Sender versuchte zu prozessieren. Aber nach dem höchstrichterlichen Urteil mußte er »den Wahrheitsmonat« einhalten. Schon nach einer

Woche verlor er die Mehrheit seiner Zuschauer und sämtliche Werbeeinnahmen. Am siebenundzwanzigsten Tag meldete der Sender Konkurs an. Die Vorstände der anderen Sender atmeten auf. Die Quizmaster kehrten zurück zu ihren alten Fragen: Was ist das: Es hat vier Beinchen, frißt Mäuse und macht Miau.

Respektlos

Wie alles, was vermarktet wird, ist auch Literatur den Strömen der Zeit unterworfen. Es ist oft erstaunlich, wie ein Buch zur Tagesmode verkommt, schnell alle Welt fasziniert, dann wieder lautlos verschwindet, als ob es nie dagewesen wäre. Am Ende erweisen sich Besten- und Bestsellerlisten nur als geschickt gesteuerte Lügen. Sie nutzen bloß für den Augenblick, ohne Gewähr auf Bestand, was doch erst eigentlich Literatur ausmacht.

Zur Zeit ist es Mode, Schriftsteller nicht für ihren Stil oder die Dramaturgie ihres Werks, die Glaubwürdigkeit ihrer Geschichte, die Spannung oder vielleicht gar die Sprachkunst zu loben, sondern für etwas, das mit der Schriftstellerei gar nichts zu tun hat. Da wird Schriftsteller F. zum Beispiel gepriesen, weil er so ungeheuer respektlos sei. Knallhart. Kompromißlos.

Manche Ankündigung eines neuen Romans liest sich wie die Werbung für einen Porno oder für Zigaretten. So sehr gleichen sich die Dinge. Die Werbung will aber in diesem Fall ein Wunder vollbringen. Sie will mir weismachen, daß Autor F., den ich gut kenne, knallhart sei. Er ist eine kleine, unsichere, höchst diplomatische Person. Wenn er jemanden begrüßt, verbeugt er sich so, daß man denkt, er will den Schnürsenkel seines Gegenübers binden. Seine Manuskripte plagen die geduldige Lektorin, eine Art Heilige der neuen Zeit, die aus Chaos lesbare Seiten machen muß.

Beim Gedanken, der Autor sei respektlos, muß ich lachen. Wahrscheinlich hat nur die Lektorin in diesem Wortlaut über den Umgang des Autors mit Sprache geseufzt. Und die Presseabteilung hat ihren Seufzer sofort als Slogan verkündet.

Das Sympathische an Moden ist bloß: Ihr Leben ist kurz.

Die Entdeckung

Der pensionierte Lehrer S. machte eine große Entdeckung, wobei der Zufall sein Helfer war. Die uralte Tastatur seines PC setzte beim Buchstaben R mehrmals hintereinander aus. So entstand der Satz:

Die F eundin f eute sich übe die b onzene Figu .

Wenn es so ist, dachte Herr S., daß jeder diesen Satz lesen kann, obwohl das R immer fehlt, kann man überhaupt viele überflüssige Buchstaben aus den Wörtern entfernen. Beim Kaffee reicht es, *Kaf e* zu schreiben. Man sieht ja in den Lücken die Buchstaben klarer als dort, wo sie hingeschrieben sind. Bei einem Satz wie »Der Sohn hat den Vater beerbt.« kann man einem Anfänger zumuten:

r So n hat d Vate be rbt.
Ersparnis: sieben Buchstaben, und bei:
r So n h d Vat be rb .
spart man sogar elf Buchstaben. Herr S. brütete monatelang über einer ausgeklügelten, aber praktischen Methode, die ein zehnjähriges Kind in drei Monaten lernen kann. Wenn sie gefunden wäre, ließen sich sämtliche Wörter von sehr viel Ballast befreien. Vor allem solche, die oft wiederholt werden: »Mit freundlichen Grüßen« hat einundzwanzig Buchstaben. *MfG* gibt den Inhalt der Floskel genauso gut wieder. Wegrationalisierter Ballast: 85,7 %! Eine Menge Zeit, Energie, Papier und Tinte würde man auf diese Weise sparen.

Herr S. differenzierte seine Methode für drei Stufen: Anfänger, Fortgeschrittene und Meister. Letztere sollten nach drei Monaten jedes Wort durch einen einzigen Buchstaben knacken. Der Zusammenhang eines Satzes läßt oft die Worte erahnen, die in die Lücke gehören. Man spart also nicht nur, sondern das Lesen wird auch konzentrierter. Nichts mehr wird überflogen.

Monat um Monat verging. Herr S. wurde immer perfekter, aber er ärgerte sich zunehmend über Behörden, Nachbarn und Freunde, die lieber Buchstaben, Tinte und Zeit vergeudeten, als es ihm nachzutun. Alle stellten sich dumm und meinten, sie würden die Post, die er schrieb, nicht verstehen. Herr S. wurde immer einsamer. Er ging nicht mehr aus dem Zimmer.

Die Nachbarn entdeckten ihn eines Tages tot in seinem Bett. Auf dem Tisch lag ein Blatt Papier mit einzelnen weit verstreuten Buchstaben, so als handle es sich um ein gerade begonnenes Scrabble-Spiel oder Kreuzworträtsel, nur ohne sichtbare Felder. Zwei Nachbarn wußten damit nichts anzufangen, der dritte sagte beim Hinausgehen: »Erste Zeile waagrecht heißt: Mein Testament«. Doch das nahmen die anderen nicht zur Kenntnis.

Frieden

Jahrelang betonte die Opposition in Arabien – egal ob progressiv, reaktionär, nationalistisch oder fundamentalistisch –, daß durch Israel die arabischen Regime gedemütigt und destabilisiert würden.

Eine Lüge, die wie die Waschmittelwerbung durch Wiederholung Geltung errang. Kein noch so starker Diktator hätte die Militärs in Arabien derart perfektionieren können wie die Konkurrenz mit dem überlegenen Israel. Oder anders gesagt: Niemand hat – gewollt oder ungewollt – die Herrschaft arabischer Diktatoren stärker unterstützt und stabilisiert als Israel.

Keine militärische Leistung Israels, nicht einmal der sogenannte Sechs-Tage-Krieg, wird aber umgekehrt die Herrscher in Arabien so sehr erschüttern wie ein Frieden. Denn nichts lenkte bisher stärker vom Elend und von der Misere der Demokratie ab als der äußere Feind und der Krieg. Wenn der Frieden wirklich kommt, müssen sich die Herrscher Arabiens nach innen wenden und die katastrophale soziale Lage in ihren Ländern verbessern. Aber ich könnte eins zu hundert wetten: Dieser krisenhafte Weg wird in jedem arabischen Land vermieden. Statt dessen werden lokale Feinde gefunden werden, die man erst einmal bekämpfen muß, weshalb man die Achtung der Menschenrechte von neuem hinausschieben wird bis nach dem Sieg.

Und Israel? Keine Macht auf der Welt hat Israel und seinen Charakter mehr beeinflußt als die Palästinenser. Nie aber war Israel durch seine Feinde derart bedroht wie durch die Freundschaften, die mit dem Kampf gegen die Araber zwangsweise entstanden. Wenn die Feinde von einst verschwunden sind, ist Israel heillos seinen Freunden ausgeliefert.

Lächeln

Wenn es stimmt, daß Tiere doch sprechen und lachen können, wie es die Wissenschaft zu beweisen versucht, dann bleibt nur das Lächeln als reine Gabe der menschlichen Kultur. Aber wie zauberhaft ist diese Gabe! In ihr verbreitet sich die erste Zuckung des Herzens, die Morgenröte des Lachens und der schüchterne Vorbote des Glücks.

Lächeln wird aber auch mißverstanden wie keine andere Geste sonst. Man hält es für nichts als ein schwaches Lachen. Dort, wo das Lachen erzwungen und schon bei der Geburt entkräftet wird, verwechselt man es mit dem Lächeln. Die Verwechslung hat Folgen. »Bitte lächeln!« heißt eine von vielen ähnlich konzipierten Fernsehsendungen, die alle Waffen einsetzen, um Lustigkeit zu erzwingen. Doch was sie hervorrufen, ist müdes sadistisches Lachen, sowohl im Studio als auch daheim vor dem Bildschirm.

Eine angeblich versteckte Kamera hält angeblich spontane Komik fest. Der Anteil der tatsächlich komischen Situationsaufnahmen beträgt nicht mal 2 %, den Löwenanteil besetzen gestellte Aufnahmen mit Kindern und Babys (!!), wie sie kopfüber fallen, ja manchmal mit kräftiger Nachhilfe in eine Tonne, Badewanne oder in einen Komposthaufen stürzen oder heimtückisch in eine Falle gelockt werden – und die Videokamera, dieser Handbohrer der Voyeure, ist zufällig immer dabei. Die Texte zu solchen Filmen sind völlig debil.

Wenn die europäische Kultur noch einen Funken Achtung vor Kindheit hätte, wären solche Sendungen strafbar wegen Anstiftung zur Mißhandlung von Kindern. Doch Kindern stehen rauhe Zeiten bevor: Die Sendungen, las ich, erfreuen sich einer stetig wachsenden Beliebtheit. Das Lächeln, das kein anderer so sehr beherrscht wie die Kinder, wird ihnen für immer vergällt.

PARADIES I

Nichts ist größer als die Sehnsucht der Menschen nach dem paradiesischen Affenleben, das unsere Vorfahren einst genossen haben, ehe sie durch ihrer Hände Arbeit zu Menschen wurden (oder nach der Bibel: bevor sie ins irdische Exil vertrieben wurden). Seit diesem Tag hat die Menschheit nie aufgehört, das verlorene Paradies zu suchen. Die Kirche, vor allem die katholische, war sehr klug. Sie verlegte das Paradies in ein schwer nachprüfbares Jenseits, und um doppelt sicherzugehen, machte sie das Paradies nicht zu einer kollektiven, sondern zu einer individuellen Angelegenheit: Es hängt von dir ab, ob du das Paradies erreichst. So wurde es hermetisch abgeschottet. Und also ist es von ewiger Haltbarkeit.

Die europäischen Sozialisten waren naiver. Sie entwickelten mit ihren schönen Utopien reale, faßbare Bilder vom irdischen Paradies, und im Streit derer, die bei der langen Geburt dieser größten Idee aller Zeiten mithalfen, entstand im Verlauf der Jahrhunderte das perfekte Bild eines kollektiven Paradieses: In ihm werden alle Probleme gelöst, einschließlich Krankheit, weil die Wurzel aller Übel, die Ausbeutung des Menschen, durch den Menschen abgeschafft ist.

Die Niederlage der Sozialisten und die Zerstörung ihres Paradieses lag nicht an der Ökonomie, wie es die griffige Erklärung der Weltbank und ihrer Sprachrohre verlauten ließ. Die Wiedergewinnung des Paradieses scheiterte an der Moral, die sie mit der Utopie erzeugte und dann nicht einhielt. Je größer der Abstand zwischen der Misere der Wirklichkeit und der Utopie wurde, desto verächtlicher (anstatt weiser) reagierten die Sozialisten auf die Moral – und je extremer sie waren, desto bornierter reagierten sie. Bald galt der Satz »Du bist moralisch.« als Schimpfwort mit ausschließender Wirkung.

Das Paradies – auch das sozialistische – ist aber immer moralisch. Welche Macht sollte sonst einen Wolf vom Lamm zurückhalten?

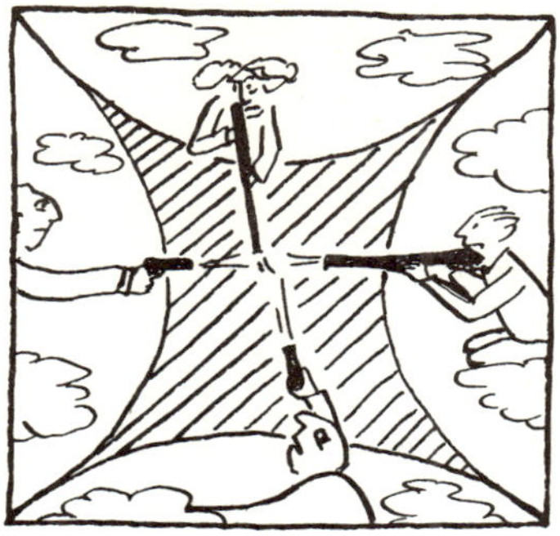

Paradies II

Im Orient, wo alle denkbaren Paradiesbilder erdacht wurden, endete die Suche nach einem irdischen, kollektiv genießbaren Paradies katastrophal. Wir haben dort vier Weltreligionen, aber keinen einzigen Satz über die sozialen Fragen der neuen Zeit hervorgebracht. Die ersten Bilder des sozialistischen irdischen Paradieses kamen als schlecht übersetzte europäische Theorien an – in Form von Kopien aus dritter Hand. Daraus stellten die Progressivsten Ausschnitte zusammen: ein Zehntel spanischen Anarchismus, ein Drittel deutschen Marxismus, ein Viertel französischen Nationalismus, der Rest wurde mit leninistischen Thesen gefüllt. Das Ganze wurde gewürzt mit Erinnerungen an die anarchistische Qarmaten-

Republik, mit chinesischen Märchen, kubanischen Legenden und mit dem scharfen Siegesrausch des kleinen vietnamesischen Volks gegen die militärische Supermacht. Das Ganze vermengt und im stahlharten Topf arabischer Sitten zurechtgekocht, so daß am Ende ein dubioser sitten-, eigentums- und religionsfreundlicher Sozialismus herauskam.

Nur eine solche Misere kann erklären, weshalb die Frau eines kommunistischen Parteiführers in Damaskus Schleier tragen mußte, obwohl religiöse Frauen an der Universität studierten und auf den Schleier pfiffen. Aber nicht nur im Mikrokosmos privater Angelegenheiten, auch im Makrokosmos eines Staats wurde bald deutlich, daß die entstandenen Konglomerate nicht nur keine sozialen Fragen beantworten können, sondern nicht einmal imstande waren, die Vormacht der Sippen anzukratzen. Als es im damaligen Südjemen nach Jahrzehnten marxistisch-leninistischer Praxis im Politbüro krachte, zogen die Genossen ihre Pistolen und schossen aufeinander. Nicht die Zugehörigkeit zu einem Flügel der Partei bestimmte die Richtung der Kugeln, sondern einzig und zuverlässig der Wille der Sippe. Bruder, Schwager und Neffe schossen auf die feindliche Gruppe gegenüber, die auch nur aus Bruder, Schwager und Neffe bestand.

Porträt

Als Kind wurde ich ab und zu zum Fotografen geschickt. Jedes Ausweisfoto war schmucklos und zeigte das Gesicht frontal. Einzig wichtig, erklärte mir der Fotograf, seien die Ohren. Beide müßten auf dem Foto zu sehen sein. Wieso die Ohren so wichtig waren, verstand ich nicht. Er redete irgendwas von Verbrecherbekämpfung und Kontrolle, und ich fand es komisch, daß ein Staat seine Menschen mit Ausweisen ausrüstet, weil er sie für potentielle Verbrecher hält.

Beim Straßenfotografen saßen die Leute zu meiner Kindheit steif, und sie mußten ihre Wangen etwas aufblasen, damit sie nicht so schrecklich mager und faltig erschienen wie gesuchte Verbrecher. Das erklärten die Fotografen jedesmal aufs neue, und manche Leute bliesen dann ihre Wangen so übertrieben auf, daß ihre Gesichter wie gesottene Hammelköpfe aussahen, oder sie mußten plötzlich in letzter Sekunde lachen. Dann war das Bild hin.

Wenn wir ein Familienfoto für unsere Onkel und Tanten in Amerika machen ließen, bekamen wir beim Fotografen einen falschen Hintergrund. Auch das verstand ich nicht. Wieso sollte ein schäbig gemalter Wald oder ein See mit Schwänen hinter uns hängen? Das sei schöner, hieß die Erklärung. Deshalb glaubte ich als Kind: Familienfotos sind so gräßlich, daß man mit Wald und Schwan etwas ablenken muß. Es gab beim Fotografen in Damaskus billige Requisiten für jede Pose. Attrappen von Bücherregalen, eine Gitarre, ein Pferd und Pistolen.

Wie sollte ich aber später eine gesunde Beziehung zur Porträtkunst entwickeln? Immer noch, wenn ich ein Porträt anschaue, fange ich an, nach den Attrappen zu suchen.

Vier Augen

Der Orientalist M. ist ein großer Humanist, ein Prediger für die Emanzipation, ein Völkervereiniger und Kulturvermittler. Zumindest ist er das so lange, wie er mit niemandem unter vier Augen spricht. Dann aber quillt erschreckend der ganze Mief jahrhundertealter europäischer Falschaussagen über den Orient aus ihm heraus. »Unter uns gesagt«, fangen seine Versuche an, den, der in seine Vier-Augen-Falle geraten ist, zum Komplizen zu machen. Eine Tirade gegen die Völker des Orients und ihren Hang zu Selbstmord, Fanatismus und Irrationalismus bricht los. Dem folgt ein sorgenvoller Ausbruch um die Kultur der Region, an der er zuvor kein gutes Haar gelassen hat. Ich fragte ihn oft, warum er nicht sein Beschäftigungsfeld wechselt. Er könne sich doch viel schönere Gegenden der Welt aussuchen, wo es weder religiöse Fanatiker noch Unterdrücker gibt. Regionen, wo statt des Irrationalismus der Rationalismus der Ausgewogenheit herrscht. Länder, wo das Leben so geliebt wird, daß ganze Industrien und riesige Armeen von Medizinern und Helfern einschließlich eines Heers von Versicherungen den Tod an sich bekämpfen.

Angewidert antwortete er: »Genau das vertreibt mich aus Deutschland!«

Doch damit nicht genug. Wenn er in der Öffentlichkeit Angriffe gegen die arabischen Länder verurteilt und den Islam verteidigt, scheint er ein anderer Mensch zu sein. Versucht man ihn zu erinnern, daß die Völker, von denen er spricht, genau jene sind, die er unter vier Augen bloßstellt und angreift, so will er davon nichts wissen. Ich weigere mich deshalb, noch einmal mit ihm unter vier Augen zu sprechen. Als Kompromiß schlug ich ihm einmal sechs Augen vor. Seither läßt er mich in Ruhe.

Sparen

Merkwürdig, wie das Geld immer gleich im Kulturbereich eingespart wird, sobald die Wirtschaft kriselt. Dabei läßt sich beweisen: Die Schließung eines Theaters bedeutet nicht bloß den unmittelbaren Verlust kulturellen Ausdrucks. Was übersehen wird, sind vor allem die wirtschaftlichen Einbußen für eine Stadt. Am Ende stellt man ernüchtert fest, daß nicht nur kein Geld gespart wird, sondern durch die Zerstörung von Arbeitsplätzen, durch weniger Anziehung mangels kultureller Angebote und durch die dadurch sinkenden Einnahmen, etwa in der Gastronomie, die Stadt viel Geld verliert. Das gilt im übrigen für alle Bereiche der Kultur, nicht nur für die Kunst.

Dieselben Beamten, die aber problemlos der Kultur ihrer Stadt das Grab schaufeln, stellen jedem Industriellen alle erdenklichen juristi-

schen und finanziellen Hilfen zur Verfügung, damit er sich in ihrem und nicht im benachbarten Ort niederläßt. Gut so, aber es bleiben doch oft, nach dem wirtschaftlichen Boom, in der Rezession nur bedrohliche oder zumindest unansehnliche Ruinen zurück. Dagegen die Kunst einer Zivilisation: Sie bleibt am längsten als Zeuge der Zivilisation. Ich wette, das wissen sogar die Finanzbeamten.

Penner

Ihr Name ist im Deutschen fern jeder verlogenen Clochard-Romantik, und das ist nicht schlecht. Wer an Kälte, Hunger, Obdachlosigkeit, Kloakengestank und Beamtenwillkür irgendeine Spur von Romantik findet, dem fehlen einige Stockwerke im Hirn.

Penner sind aber die wahren Mahner und Orakel unserer modernen Zeit. Ihr Anblick wühlt mich auf. Natürlich empfinde ich Mitleid mit ihnen, aber das ist es nicht, was mich aufwühlt. Sie rütteln mich wach, wenn ich sie sehe, weil ich in ihnen erkenne, was uns nur durch Zufall erspart blieb. Sie widerlegen mit ihrer wortlosen Botschaft die Phrasen der Heuchelei in den Medien, die Tag und Nacht bemüht sind, uns durch raffinierte Nebelmauern von der Misere der modernen Gesellschaft abzulenken. Die Penner zerreißen die Illusion vor unseren Augen. Doch die wenigsten von uns sehen, hören und verstehen ihre Botschaft. Das ist aber schon immer das Schicksal der Mahner und der Propheten gewesen. Und auch das ist alt: Keiner hat in der Geschichte die Mahner so gut verstanden wie ihre Feinde.

Unverständlich

Der Philosemit F. R. konnte dreißig Jahre lang Juden gewinnbringend lieben. Für seine Karriere in einem deutschen Feuilleton war es jedenfalls opportun.

Professor W. G. aus Israel ist ein erfahrener alter Historiker. Er hat, wie wir alle, gute und schlechte Freunde. F. R. war einer von ihnen. Er hofierte Professor W. G., wenn der nach Deutschland kam, und zeigte ihm, wie er in feinen deutschen Lokalen die Ober zusammenscheißen könne, ohne daß sie wagten, ihm in den Suppenteller zu pinkeln. Am Ende standen große Rechnungen, die die große Zeitung großzügig zahlte.

Später vergriff sich F. R. an Goethe und verlor dadurch die Loyalität der Zeitung und seinen Job. Goethe war nämlich nicht irgendein Ober im Restaurant. Das hat auch F. R. inzwischen verstanden.

Noch etwas später wurde ein Buch von F. R. scharf verrissen. Da erinnerte er sich an seinen Freund Professor W. G. in Israel und rief ihn an. »Mein Freund«, sagte er sinngemäß, »du mußt mich in Schutz nehmen. Die Welt ist gegen mich.«

Der Professor, ein alter Hase in Sachen Veröffentlichung, roch mit seiner besonders empfindlichen Nase den Gestank und bat um Zeit. Dann kam es, wie es bei einem ehrlichen Menschen und einem schlechten Buch kommen mußte. »Lieber F.«, schrieb Professor W. G., »weil ich Dein Freund bin, will ich über Dein Buch lieber schweigen.«

Da riß dem Philosemiten die Geduld. Herr F. R. spuckte braune Galle über den Kopf des Historikers, der erstarrt vor den Scherben einer Freundschaft stand. Unverständlich ist letztlich jedoch, warum der erfahrene Historiker, anstatt die Auseinandersetzung – mitsamt den Begleitbriefen, die angeblich oben mit »Himmler« begannen und unten mit »Juda verrecke« schlossen – offen ans Licht zu bringen, nur in Privatkreisen bitter über F. R. jammert.

Er erinnert mich an meine alte Tante, die jedesmal beim Kaffee über den frühen Tod ihres

Mannes lamentierte und über den Staat, der ihr keine Witwenrente zubilligte, die sie aber auch gar nicht beantragt hatte.

Und ich wundere mich über die schlechte Beziehung der Historiker zur Gegenwart.

Bestseller I

Die Sensation ist perfekt. Autor G. W. und Verleger B.L. haben es geschafft: Betty Mahmoody (ohne Tochter) und ihr Ex-Mann (mit Freund) trafen sich an einem geheimen Ort in Deutschland. Nach dem Treffen gaben beide vor der Presse bekannt, daß alles ein Mißverständnis war. Herr Mahmoody habe seine Tochter nie leiden können und sei erleichtert gewesen, als sie mit ihrer Mutter aus einem Urlaub nicht mehr zurückkam. Zu seiner Frau empfinde er schwesterliche Gefühle. »Wenn Sie wissen, wie ich das meine«, fügte er hinzu. Die Journalisten lachten. Frau Mahmoody gab bekannt, daß sie die Länder Griechenland und Persien verwechselt habe. Sie sei mit der Tochter nach einem Urlaub aus Griechenland in die Vereinigten Staaten geflogen, nicht aber aus Persien geflohen. William Hoffer, ihr Co-Autor, habe die Fakten mißbraucht und sie gezwungen, die Geschichte zu erfinden. Deshalb bitte sie ihre Leser um Verzeihung und hoffe, sie würden ihr Buch so schnell wie möglich vergessen. Dann gaben die Mahmoodys ihr neues gemeinsames Projekt bekannt: ein Buch im Verlag B. L. mit dem Titel: »Wie es bei den Mahmoodys wirklich war«. Autor G. W. schreibt das Vorwort. Startauflage: eine Million. Der Co-Autor wird erst später bekanntgegeben.

Drahtlos

Es ist bekannt, daß in keinem anderen europäischen Land soviel drahtlos telefoniert wird wie in Italien. Ununterbrochen wird Gewichtiges mitgeteilt und das mit so kummervoll ernsten Gesichtern, daß ich jedesmal denke, es muß eine schreckliche Katastrophe passiert sein, die noch in keiner deutschen Zeitung zu lesen war. Sofort schalte ich Radio und Fernsehen ein, aber nichts deutet auf etwas hin, was ich nicht schon gelesen habe. Trotzdem, ich bin nervös. Ich muß hinaus. Und dann – na bitte, gleich zehn drahtlos telefonierende Menschen im Restaurant um die Ecke. Ich werde unsicher. Endlich kommt eine Freundin herein, die Italienisch versteht. Ich bitte sie, mir die Worte des drahtlos telefonierenden Herrn am Nachbartisch zu übersetzen. Man sieht, wie er hektisch auf einem Zettel Daten notiert. Er brüllt derart laut in den Hörer, daß man sich gar nicht anstrengen muß, ihn zu belauschen. Wutausbrüche folgen einer Geste aus der Stummfilmzeit: verdrehte Augen als Ausdruck verzweifelter Ungeduld.

»Er fragt seine Frau«, erklärt die Freundin an meinem Tisch und unterdrückt mühsam ein Lachen, »was sie am Abend kochen wird, da er zwei Kollegen mitbringen will, die mit ihnen den Fernsehabend verbringen möchten.«

Als wir am nächsten Tag zusammen ins Kino gehen, hören wir aus der Reihe hinter uns zornige Schreie einer Frau. Sie könne nichts verstehen bei dieser lauten Filmmusik, und er solle doch endlich begreifen, daß die Wäsche bei sechzig Grad Celsius, ja, sechzig Grad, gewaschen werden muß.

Seither genieße ich geruhsam meinen Urlaub und habe keine Sorge mehr, wenn ich an einem drahtlos telefonierenden Menschen vorbeigehe. Bestimmt geht es wieder um 60°-Wäsche, denke ich und finde all die besorgten Gesichter verständlich, denn bei 60° C kann in der Tat eine Katastrophe passieren.

HERBSTSTIMMUNG

Mich stört ein regnerischer Sommer wenig. Viel zu heiß waren die sonnigen Tage meiner Kindheit. Regen im Sommer hat für mich immer noch die Erinnerung an Frische. Das üppige Grün betont auch beim schlimmsten Wetter, daß der Sommer hartnäckiger und bodenständiger ist als die Launen der Wolken.

Der Herbst verlangt nach Langsamkeit, Besinnlichkeit. Seine sensiblen vielfältigen Farben sind zerbrechlicher als die schwach gewordenen Sonnenstrahlen. Deshalb kann ich mich auch nach fünfundzwanzig Jahren Exil in Europa nicht an die kurzatmigen, vom Winter überrumpelten Herbste gewöhnen. Die Melancholie verwandelt sich in der feuchten Kälte, die in die Kleider und mit dem Atem nach innen dringt, in eine Traurigkeit. Spazierengehen wird zur Hast, der Blick senkt sich zu Boden und ertrinkt in grauer Nässe.

Der Herbst, wenn er seinen Gang langsam und leise ansetzt, entfaltet in mir das allerschönste und tiefste Gefühl für die Natur. Seine Farbenpracht vor Augen, die Erinnerung an den Sommer im Herzen, im Bewußtsein die nahende klirrende Kälte des Winters – all das läßt ihn als reichste und intensivste Jahreszeit erscheinen, und deshalb empfinde ich seinen Verlust um so schmerzlicher. Der Herbst ist mit Gesundheit und Freiheit verwandt, erst wenn er fehlt, fühlt man, wie wertvoll er war.

Nomaden

Mit siebzehn befiel mich die Sucht, Kriminalromane zu lesen. Ein vergleichbares Gefühl gegenüber Büchern habe ich weder vorher noch nachher gekannt. Ich schleppte Romane kistenweise nach Hause, durchkämmte Buchhandlungen, Antiquariate, Bibliotheken nach allem, was ich noch nicht kannte. Auf Dachböden, in Kellern, in Abstellräumen von Schulen wurde ich reichlich mit seltenen, uralten Übersetzungen von Kriminalgeschichten belohnt, die auf schlechtem Papier gedruckt und in miserablem Zustand waren, aber ich habe sie alle mit höchstem Genuß gelesen. Als ich neunzehn war, gab es in Damaskus keinen Krimi mehr, den ich nicht kannte. Mein Vater war in großer Sorge um meinen Charakter, aber ich bin überzeugt, daß Kriminalromane viel harmloser sind als die Kirchengeschichte, die er stets mit verehrender Hingabe las. Die Aufklärungsquote der Morde ist in Krimis bedeutend höher als in der Kirchengeschichte.

Eines Tages mußte ich mich allerdings von einem großen Teil meines Bücherbestands leider trennen. Platzmangel zwang mich dazu. Ohne lange zu überlegen, trug ich sämtliche Kriminalromane in zwanzig Kisten zum Antiquar. Warum trennt man sich leichter von Kriminalromanen als von den meisten anderen Büchern?

Selbst dem besten Krimi wird es nur selten passieren, daß er ein drittes Mal von derselben Person gelesen wird. Aber genau das ist es, was Bücher gemeinhin so langlebig macht. Der Krimi fesselt, doch seine Fesseln sind nicht lange haltbar. Bei jedem anderen Buch wär das das Todesurteil. Bei Krimis nicht. Das liegt in ihrer Natur. Sie wandern von Hand zu Hand und bleiben nicht gern an einem Ort. Krimis sind nun mal die Nomaden unter den Büchern.

Spielzeug

Am Strand in Italien, wo wir den Sommer verbrachten, verschwand täglich gegen Mittag das Spielzeug von unserem Sohn. Er aber spielte mit fremden Baggern, Lastwagen, Schaufeln und Bällen. Jeden Abend kehrte sein Spielzeug zurück, und stattdessen verschwanden die fremden Boote, Bälle, Lastwagen und Schaufeln. Zwei Wochen ging nicht einmal eine Muschel verloren. Wir waren die einzigen Fremden unter den Italienern.

Dann kamen zwei deutsche Familien. Ihre Kinder waren sehr höflich, aber daß ein anderer mit ihren Sachen spielte, wollten sie nicht. Allerdings verschwanden am ersten Tag mehrere Lastwagen, Schaufeln und Bälle, am nächsten Tag passierte das gleiche. Einige unter den Italienern flüsterten, es seien die Deutschen, die das Spielzeug klauten. Doch die Behauptung war falsch, wie nach fünf Tagen herauskam. Die Deutschen waren nichts als korrekt. Abends überprüften sie das Spielzeug ihrer Kinder und übergaben die fremden Teile dem Bademeister, der in ihren Augen auf seinem Strand auch für Fundsachen zuständig war. Die Italiener wären nie auf die Idee gekommen, bei ihm nach dem Spielzeug zu fragen, das Tag für Tag fehlte.

Eines Tages jedoch hatte der Bademeister ganz offenkundig nicht nur die Nase, sondern auch seine winzige Kabine voll. Gerade kam wieder einer der Deutschen mit einem Eimer aus Kunststoff zu ihm. »Basta!« schrie plötzlich der Bademeister, holte das ganze gesammelte Zeug und warf es demonstrativ auf den Strand. Und als nächstes riß er dem verblüfften Deutschen den Eimer aus der Hand und warf ihn zu dem bunten Haufen. Dann klatschte er in die Hände, wie Südländer es tun, wenn sie sagen wollen: »Schluß! Aus! Erledigt!«

Von diesem Tag an kehrten bei Sonnenuntergang alle Spielsachen zu ihren Heimatorten zurück.

Erinnerung

Eine Witwe heiratete einen Witwer. In der ersten Nacht lagen sie nebeneinander. Die Witwe hatte Lust auf den Mann, doch er hörte nicht auf, von seiner verstorbenen Frau zu erzählen. Irgendwann fing auch die Frau an, von ihrem verstorbenen Mann zu reden. Bald darauf schnarchte der Mann neben ihr.

In der zweiten Nacht zog sich die Frau aus und legte sich zu ihrem Mann, doch als sie ihn streichelte, sagte er: »Das erinnert mich an meine Frau, selig soll sie im Schoß Gottes weilen. Sie hat auch immer gern meine Brusthaare gestreichelt.« Er zündete sich eine Zigarette an und erzählte lange von seiner verstorbenen Frau. Die Witwe besann sich und sagte darauf, daß ihr verstorbener Mann im entscheidenden

Augenblick auch immer eine Zigarette geraucht und sein Mund davon wie ein Aschenbecher gestunken habe, weshalb ihr die Lust oft vergangen sei. Aber bevor sie mit ihrem Satz zu Ende war, schnarchte der Mann.

In der dritten Nacht nahm die Frau eine Flasche Wein mit ins Schlafzimmer. Sie zog sich aus, zündete eine Kerze an und schenkte dem Mann ein. Das hatte bei ihrem Verstorbenen immer Wunder bewirkt.

Der neue Ehemann nahm einen Schluck. »Chianti?« fragte er begeistert.

»Ja«, antwortete die Frau hoffnungsvoll.

»Das erinnert mich an Venedig, wo ich damals mit meiner so temperamentvollen ...«

Da trat die Frau den Mann so kräftig in die Seite, daß er aus dem Bett fiel.

»Was ist los mit dir?« schimpfte er.

»Nichts. Das Bett ist nur für zwei. Wir aber liegen seit drei Tagen hier zu viert, da kann es leicht passieren, daß einer herausfällt.«

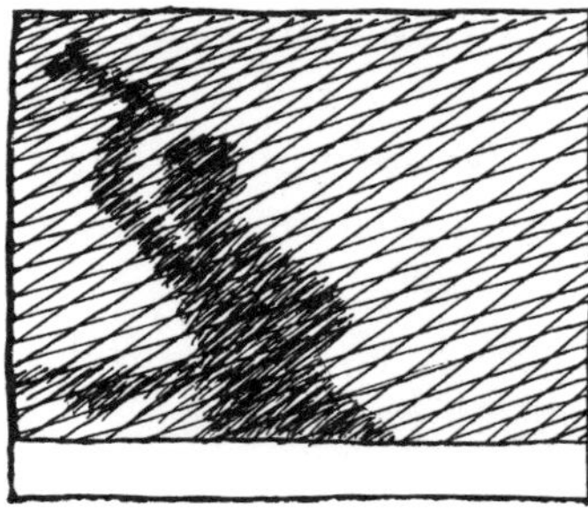

Im Schatten

Durch Zufall lernte ich vor Jahren A., einen kleinen Araber, kennen. Er hatte bei einem Bekannten Fliesen gelegt. Der Bekannte war Ausländer wie ich und A.

A. war sehr fleißig. Doch weil er die Arbeit nicht wie geplant nach vier, sondern schon nach drei Tagen erledigt hatte, zog ihm sein Auftraggeber ein Viertel des vorher vereinbarten Lohns einfach ab.

»Mein Fehler ist, daß ich fleißig bin«, erklärte mir A. verbittert, als ich ihn wiedertraf. Er nahm jede Arbeit an, um sich zu ernähren, und er konnte sich nicht vor Aufträgen retten, obwohl es in Deutschland Millionen Arbeitslose gab. Er sagte: »Die Leute lieben mich, deshalb kann ich sie nicht betrügen. Das mißverstehen sie.«

Die anderen Araber nannten ihn einen Vollidoten.

Er baute, zimmerte, renovierte oft bei Ausländern, aber auch die bezahlten am Ende schlecht.

»Wo soll ich sie anklagen?« fragte er mich. Seine Frage blieb ohne Antwort, denn wenn er seine Betrüger anzeigte, würde er mitbestraft. In seinem Fall hieß das: sofortige Ausweisung. Ein Gericht zur Einhaltung von Ethik und Anstand in der Illegalität gibt es nur in Arabien bei den Nomaden.

Zwei Jahre vergingen, in denen ich A. nicht mehr sah. Eines Tages hörte ich, er habe drei Herzinfarkte hinter sich. Letzte Woche erschoß er einen reichen arabischen Zahnarzt. Zunächst nahm man politische Motive an, doch es war eine Badewanne, die A. wie immer zu schnell montiert hatte.

Gäbe es ein Gericht zur Einhaltung von Ethik und Anstand in der Illegalität, wäre es nicht nur A. möglich gewesen, seinen vollen Lohn für die Badewanne einzuklagen. Auch der Zahnarzt könnte seinen Kampf gegen Karies und Parodontose weiter fortsetzen.

Sternzeichen

»Typisch Krebs«, sagt H., ein Bekannter aus Heidelberg. Er glaubt noch genau zu wissen, daß ich Ende Juni geboren sei. Wir haben zusammen studiert. Heute ist er erfolgreicher Astrologe. Nach fünfzehn Jahren sehen wir uns zum ersten Mal wieder. Er will mir sofort ein exaktes Horoskop erstellen. Als ich es ablehne, führt er das auf die für Krebse angeblich typische Schüchternheit zurück.

»Nicht von ungefähr geht der Krebs seitlich. Er meidet jeden Konflikt, aber wenn es drauf ankommt, ist er sehr wehrhaft«, denke ich laut. H. lacht. Typisch für den Krebs sei seine Neigung zur Kunst, entgegnet er.

Entscheidend für die gesamte Ausrichtung meines Lebens ist also seiner Meinung nach

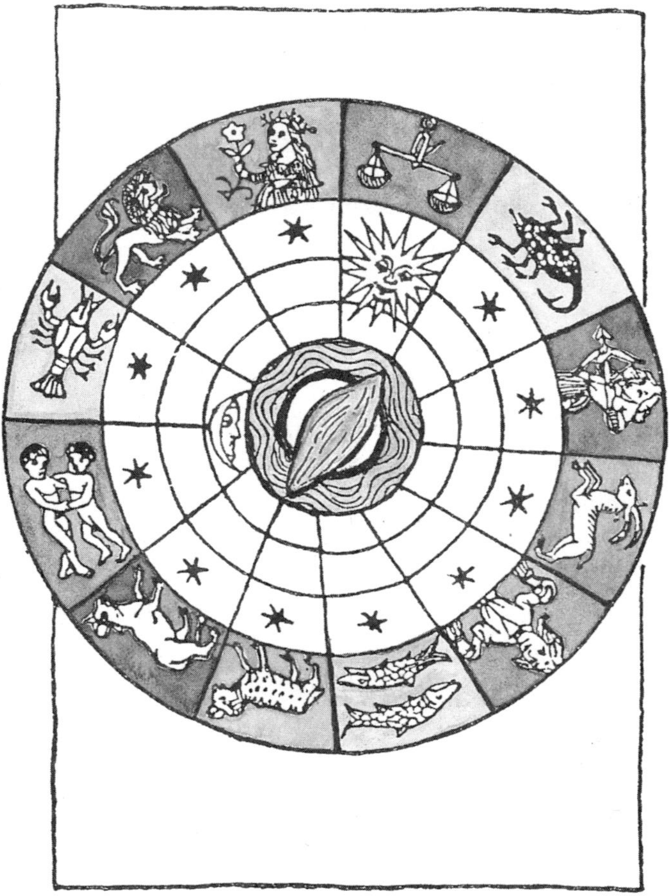

mein Geburtstag gewesen. Und er spricht ständig von Achsen und Sternenkonstellationen. Er habe schon damals in Heidelberg sicher gewußt, daß ich trotz des Chemiestudiums in meinem tiefsten Innern ein Künstler sei. »Und was ist dann aus dir geworden, hm? Vielleicht ein Chemiker? Nein, ein Schriftsteller.«

Araber feiern vieles, aber Geburtstage nie. Denn wenn man seinen Geburtstag genau kennt, wird man nur älter. Mir kommen die Europäer manchmal so vor, als wären sie alle am Bahnhof geboren. Sie wissen nicht bloß das Datum, sondern sogar die genaue Uhrzeit ihrer Geburt. H., mein Bekannter, weiß auch die Temperatur und das Himmelsbild jenes Tages, sogar die berühmten Persönlichkeiten, die unter demselben Sternzeichen wie er auf die Welt kamen, hat er parat.

Als er geht, rufe ich meine Mutter in Damaskus an und frage sie, wann ich geboren wurde, denn ich mißtraue meinem Ausweis. »Anfang bis Mitte April«, antwortet sie. »Die Aprikosen standen in voller Blüte. Wir mußten uns aber wegen der Kämpfe in der Hauptstadt in den Bergen verstecken. Deshalb konnten wir dich erst danach in der Hauptstadt registrieren lassen, das war dann Ende Juni.«

Und ich freue mich hämisch auf die nächste Begegnung mit H., dem Astrologen.

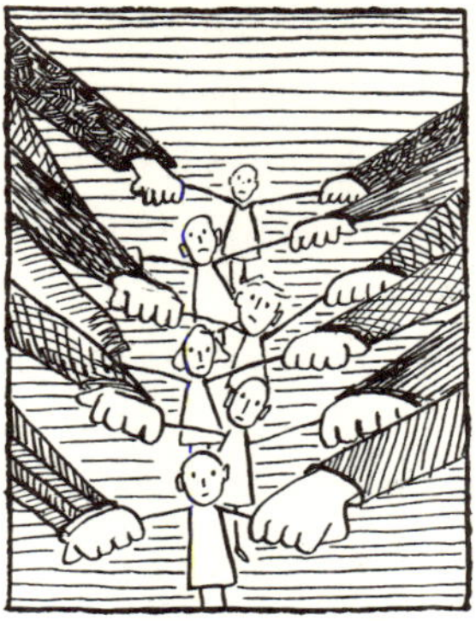

Straflos

Inzwischen ist die Welt voller Pläne, wie man Kinder am schnellsten erwachsen macht. Kindheit ist kein Zeitabschnitt. Kindheit ist ein Lebewesen, das nach und nach wie viele Lebewesen ausgerottet wird. Kinder sind nicht mehr ein lebenswichtiger Teil ihres Volks, sondern ein über den ganzen Erdball zerstreutes eigenes Volk, das, von erwachsenen Völkern besiegt, unter den Sieger-Bedingungen ein Sklavendasein fristet.

Begonnen hat das im Sport, wo immer noch jüngere Athleten antreten mußten und man inzwischen die Sportler aus Kindergärten rekrutiert. Die Leistungen der Kinder sind enorm, aber ihre Körper sind schon zerstört, noch bevor sie sie aufbauen konnten. Auch am Computer erwiesen sich Kinder als die aufnahmefähigsten. Es ist keine Seltenheit mehr, daß Zwölfjährige einen Computerexperten von Weltrang mit ihrem Wissen verwirren.

Oder die Kuriere, Schmuggler und Killerkommandos der lateinamerikanischen Drogenmafia. Auch sie wurden immer jünger, bis unter den verwaisten Zehnjährigen die geeignetsten gefunden wurden, die mit ungeheurer Gelassenheit auf die Opfer zugehen, um sie kaltblütig niederzustrecken. Strafe? Es sind ja nur Kinder, die auf der Straße leben und täglich hungern. Gefängnis wäre für sie eine Art Aufstieg.

Für den Raub des kleinsten Wertgegenstandes gibt es auf der ganzen Welt eine Strafe, doch alle rauben straflos die Kindheit, weil eben das Volk der Kinder in einer permanenten Niederlage lebt.

Radiotime

Beim Autofahren hörte ich immer gern Radio. Ich zog in all den Jahren kein einziges Mal Nutzen aus dem Verkehrsfunk, aber ich hörte gern Nachrichten, Hörspiele, Lyrik, Schlager und Klassik. Doch seit einem Jahr ist meine Geduld am Ende mit dem, was die Leute immer noch Radio nennen. Fernsehen macht dumm. Radio ist dumm geworden. Die absolute Ohnmacht verleitet wie die absolute Macht zu Untaten. Der verlorene Kampf gegen das Fernsehen hat das Radio auch seine größte Tugend einbüßen lassen: den Glauben an die Klugheit der Zuhörer. Das Fernsehen hat diese Achtung nicht nötig. Es erreicht seine Wirkung durch visuelles Überreizen der Sinne. Aber das Radio ist auf das Zuhören angewiesen, und

Zuhören macht weise. Wer auf das Zuhören baut, muß also Respekt vor der Klugheit der Zuhörer haben. Erzähler, die das nicht beachten, gehen unter. Diese uralte Erkenntnis haben die Rundfunkmacher verlernt.

»Höchstens drei Minuten Text, danach hört kein Mensch mehr zu«, sagte mir neulich ein Redakteur. Ich lehnte ab. Welch ein Hohn gegenüber den Zuhörern. Und woher hat der Mann seine Kenntnis über die Fähigkeit der Zuhörer zur Konzentration? Das blieb auch auf Nachfrage sein Geheimnis.

Inzwischen erledigen Nachrichtensprecher im Radio fünf Kontinente in drei Minuten.

Herrscher I

Nach dem großen Aufstand der Bevölkerung gegen die Korruption der herrschenden Familie des Präsidenten B. sowie seiner Minister und Parlamentarier versprach der Präsident im Fernsehen, er werde eine unbestechliche Kommission ins Leben rufen, deren einzige Aufgabe es sei, die Korruption schonungslos aufzudecken und zu bekämpfen.

»Woher-hast-du-das-Kommission« sollte sie heißen, und bereits drei Tage später hatte er ihre Mitglieder ernannt. Die Bevölkerung staunte über sein Fingerspitzengefühl bei der Auswahl der elf Frauen und Männer. Es waren eine Richterin, ein Rechtsanwalt, eine Psychologin, eine Gewerkschafterin, ein Scheich, ein Pfarrer, ein Rabbi, ein General a. D., eine Journalistin, ein Schriftsteller und ein Kommissar der Kriminalpolizei. Ihre Aufgabe sollte es sein, alle Führungskräfte rücksichtslos auf Korruption hin zu untersuchen. »Und Sie sollen, meine Damen und Herren, bei mir anfangen.« Mit diesen Worten unterstrich der Präsident noch einmal vor laufender Kamera den Eindruck seiner Entschlossenheit.

Die Kommission glaubte seinen Worten und nahm sich sofort den korruptesten Mann im Land vor. Das war der Bruder des Präsidenten. Beide waren vor zwanzig Jahren als arme Bauernsöhne in die Armee eingetreten. Dann hatte der ältere geputscht und sich zum Staatschef ernannt. Und der jüngere wurde plötzlich zum Großverdiener. Mit vierzig hatte er in Paris ein Vermögen von 15 Milliarden Dollar abgesichert.

»Woher hast du das?« fragte die Kommission höflich und leise. Aber der Bruder des Präsidenten, der inzwischen Chef des Geheimdiensts war, ließ die elf Frauen und Männer wegen Beleidigung verhaften und so lange foltern, bis sie zu einem Auftritt im Fernsehen bereit waren. Ihr Sprecher, der Schriftsteller, verkündete, die Kommission schließe nun, nach monatelanger Arbeit, ihren Bericht ab und stelle nach eingehender Untersuchung fest, »daß der Reichtum der Befragten nur eine Quelle hat: Gott, den Allmächtigen.«

Herrscher II

Nie in der Geschichte Arabiens gab es so einen Herrscher wie H. Er überlebte sechs Mordanschläge. Üblich sind drei, danach ist jeder arabische Herrscher tot. Für Sadat reichte einer, aber der war von langer, sehr langer Hand vorbereitet gewesen. Doch das ist eine andere Geschichte. H. jedenfalls überlebte nicht nur die sechs Mordanschläge, sondern auch dreiundzwanzig Krankheiten, die sich in seinem Körper einnisteten. Jede allein hätte ausgereicht, einen Normalsterblichen unter die Erde zu bringen.

Man munkelte bereits in der Hauptstadt, daß H. bis zum Tag seiner Abdankung kein einziges Organ mehr im Körper hätte, das nicht schon mal ausgewechselt sei. Eingriffe dieser

Art ließ H. in der damaligen Sowjetunion machen, wo man sich seit den siebziger Jahren ganz auf den Organwechsel bei Herrschern spezialisiert hatte. Man war dort sehr tolerant und großzügig. Freund und Feind durfte bei ihnen Organe wechseln. Hauptsache Herrscher.

Vor einem Jahr fühlte sich Herrscher H. wieder elend und flog deshalb nach Rußland, das nun die Tradition des Organwechsels fortführt. Aber die Ärzte schüttelten den Kopf. Es gab tatsächlich kein Organ mehr, das nicht schon gewechselt war. Bei der Rückkehr aus Moskau verkündete deshalb der Geheimdienstchef vor der Armeeführung: »Das Ganze muß ausgewechselt werden.« Herrscher H. nahm seinen Abschied und empfahl dem Volk, seinem Nachfolger so zu vertrauen wie ihm. Bald darauf hieß es, H. sei gestorben. Man wunderte sich allerdings, daß die Beerdigung unter Ausschluß der Öffentlichkeit stattfand.

Manche lästern seither, der alte Herrscher sei gar nicht gestorben, sondern durch eine gelungene Generalüberholung zum neuen Herrscher geworden. Es ist fast unglaublich, aber wenn ich den neuen so ansehe …

Verwirrung

Ich bewundere alle Postbotinnen und Postboten der Welt. Und weil viel zu selten jemand eine Hymne auf ihren Berufsstand anstimmt, will ich es tun. Ich könnte nicht ohne sie leben. Kein Brief aus meiner Heimat, den ich lese, beschnuppere und zur Kühlung meiner Wunden in der Hand wedele, würde mich je erreichen. Welche Geduld, welche Ausdauer müssen sie haben, mir noch das Schwierigste zuzutragen. Manchmal bekomme ich Briefe, die wurden offensichtlich von Hühnern im Laufschritt adressiert.

Ich schaue unserer Postbotin nach und bewundere sie, daß sie bei minus zwanzig Grad immer noch Post für mich austrägt und dennoch bei Laune bleibt.

Als Kind wollte ich Räuber, Schriftsteller, Schauspieler, Kapitän, Lokomotivführer oder Kaffeehauswirt, nie aber Postbote werden. Warum eigentlich? Postboten dürfen alles sein: böse und gütig, unverschämt, freundlich, zornig, geduldig, cholerisch und sanft. Alles, doch niemals dürfen sie neugierig sein. Nicht mal ein bißchen. Sie dürfen nicht einmal ahnen, was in den Briefen steht, die sie verteilen, sonst werden sie ganz schnell verrückt.

So geschah es einmal dem Postboten D. Er begann, sich Gedanken zu machen. Brief um Brief. Täglich. Zu allem, was er zustellen mußte.

Er stellte Vermutungen über den Inhalt an und beobachtete dann an den folgenden Tagen die Leute, ob sich an ihnen zeigte, daß seine Einschätzung richtig war. Das tat er fünf Jahre lang, und er kam so durcheinander, daß er schließlich die Briefe den Adressaten gar nicht mehr brachte. Vielmehr beäugte, beschnupperte und betastete er alle Post, ob sie fröhlich, traurig, wütend oder zärtlich gemeint war und ob sie Geld versprach oder verlangte. Die fröhlichen Briefe trug er bei traurigen Menschen aus, Geldüberweisungen bestimmte er für die Armen, den Reichen ließ er die Rechnungen. Das brachte die Leute ganz durcheinander. Sie zeigten den Postboten an. Er kam in ein Krankenhaus, doch als er den Arzt sah, der ihn untersuchen wollte, sagte er: »Lassen Sie mich raten, was für einen Brief Sie heute morgen hätten bekommen sollen.«

KINDERHEFTE

Mich wundert, wieviel Geld Banken zum Fenster hinauswerfen, um ihren Kunden ein Geschenk zu machen, das nüchtern betrachtet eigentlich eine Beleidigung ist.

Ich spreche nicht von den farbigen Faltblättern, die zum Bauen, Sparen und Geldanlegen ermuntern. Nein, das scheußlichste, was Banken – aber inzwischen auch Apotheken, Krankenkassen und die Post – an ihren Schaltern anbieten, sind Zeitschriften für Kinder, die lustig sein sollen, aber mit Comics der langweiligsten Art und Geschichten gefüllt sind, die jedem halbwegs redlichen Autor die Galle hochkommen lassen. Das Ganze wird vierfarbig und in so riesigen Auflagen gedruckt, daß man für das Geld bequem eine Vielzahl von Kindergärten großzügig ausstatten könnte. Das wäre auch für die Banken als Werbung viel effektiver, als mit dem Kinder verachtenden Unsinn bloß ein paar Möchtegern-Schreibern ihr Leben zu finanzieren.

Es ist doch merkwürdig, daß dieselben Stellen, die wegen der kleinsten Spende für irgendein Künstlerprojekt immer gleich jammern: Kein Geld! Kein Geld!, plötzlich genügend Mittel für die millionenfache Verbreitung von Schund zur Verfügung haben. Mein Freund S. meint, das spiegle die Verachtung der Institutionen für ihre Kunden wider. Aber das ist meines Erachtens nur eine Unterstellung. Auch andere, komplizierte Erklärungen, die von Verschwörung gegen die Kinder sprechen, halte ich nicht für gerechtfertigt.

Ich glaube, die Zeitschriften spiegeln ganz einfach das künstlerische Niveau in den Vorständen unserer Banken, Krankenkassen und Postdirektionen wider.

Bestseller II

Bestseller kann man nicht alle unter einen Hut bringen. Es gibt Eintagsfliegen darunter und dauerhafte Kunstwerke, ernsthafte und unterhaltende Bücher, Schätze und Schrott. Nein, man soll sich die Sache nicht einfach machen.

In der Regel werden Bestsellerlisten nach einer sehr begrenzten Umfrage erstellt, aber die Listen bestimmen sodann das Rennen in allen Buchhandlungen. Literaturkritik beeinflußt die Verkaufszahlen hierzulande im Gegensatz dazu nur noch wenig. Das geben alle erfahrenen Kritiker zu.

Es gibt viele Tricks, mit denen Verlage versuchen, Bücher zu lancieren und die Buchhandlungen zu zwingen, die Titel schnell zu verkaufen. So werden Bestseller gemacht. Aber zum Glück gelingt es nicht immer.

In der Regel lassen Verlage und Autoren nichts unversucht, um einen Bestseller zu kreieren. Einmal versprach jemand, in seinem Buch sämtliche Steuertricks zu verraten. Er hatte Erfolg. Doch ein Jahr später wurde er wegen Steuerhinterziehung erwischt. Andere scheitern ebenso kläglich, obwohl sie alles versuchen, ihr Buch aufreißerisch zu betiteln. »War Hitler ein Araber?« nannte unlängst ein Esel sein Werk.

Viele Verlage versuchen, mit wortreichen Ankündigungen alles herauszureißen: Der Autor sei der Márquez seines Landes, eine Mischung aus Eco und Süßkind. Ich glaube allerdings nicht, daß so etwas hilft. Wenigstens sollte ein Buch eine eben erst keimende Frage der Zeit aufspüren und suggerieren, daß es im Inhalt und nicht bloß im Titel die Antwort bereit hält.

Wäre ich mit meinen eigenen Themen nicht bereits bis zum Jahr 2046 glücklich ausgefüllt, hätte ich sogar einen Bestseller parat: »Wie kam die Axt in den Rücken des Handwerkers?« müßte er heißen. Das Buch würde mit einem unaufklärbaren Mord an einem Handwerker enden. Wie viele Hausbesitzer, Mieter, Baufirmen und andere geschädigte Gemeinschaften würden endlich Antwort auf ihre nicht ausgesprochenen Fragen bekommen! Oder zumindest ein erlösendes Ventil für ihre immer in Zivilisations-Quarantäne gehaltenen Wutausbrüche!

Prozentprophet

Mein Nachbar K. ist nicht in der Kirche. Sie gibt ihm nichts, und Steuern zu sparen lohnt sich für ihn. Er ist Chefarzt. Doch jetzt ist er gläubig geworden. Auf seltsame Weise. Nach einem Autounfall blieb sein rechtes Bein steif. Deshalb hinkt er. Keiner seiner Kollegen konnte ihm helfen. Da hörte er von einem Heiligen in Amerika, der Jimmy hieß.

Jimmy war Boxer gewesen und nach einem rechten Haken des Gegners zu Boden gegangen. Eine Viertelstunde später richtete er sich wieder auf. Der Kampf war verloren, aber statt dessen hatte er ein Gespräch unter vier Augen mit Gott geführt. Der Herr der Welten, wie er sich nannte, hatte Jimmy beauftragt, Kranke zu heilen.

K. reiste nach Amerika und begegnete Jimmy. Von da an war er sein fanatischer Anhänger und erzählte stolz, welche Minister aus aller Welt zu Jimmy pilgerten und ihre Staatskarossen vor Jimmys Villa abstellten.

Und K.s Bein? Jimmy heilte es zu etwa zehn Prozent und befahl K., nach Deutschland zurückzugehen, das Bein dort in Gips zu legen und drei Wochen zu beten. Derweil werde Jimmy jenseits des Atlantiks zu Gott Kontakt aufnehmen. Die so entstehende Dreiecksverbindung bewirke dann eine weitere Genesung. K. zahlte freiwillig 5000 Dollar für die zehnminütige Audienz.

Und er legte zu Hause sein Bein in Gips und betete drei Wochen lang über den Teich hinweg, wie er glaubte, gemeinsam mit Jimmy. Noch immer hinkt er wie vorher, aber er meint, daß sein Bein inzwischen noch einmal zehn Prozent besser geworden ist.

Wir leben wirklich in einer schäbigen Zeit, wenn schon unsere Heiligen mit Prozenten arbeiten. Man muß sich mal Jesus in Palästina vorstellen, wie er einem Blinden sagt: »Du wirst wieder sehen, aber mit einer starken Brille, rechts neun Dioptrien, links acht«, oder dem Lahmen nicht sagt: »Steh auf und gehe!«, sondern: »Nimm einen Rollstuhl und fahr.« Jesus wäre bestimmt nicht am Kreuz gestorben, sondern unter einem Berg fauler Eier.

Gesundes Leben

Albert S. ist ein Gesundheitsfanatiker. Er sieht in allem nur heimlich wuchernde Gifte, Bazillen und Viren. Mit ihm am Tisch zu sitzen, ist ein Martyrium, das ich nach dem letzten Wochenende nie mehr ertragen will.

Wir waren bei Ahmad T., einem Palästinenser, eingeladen. Der Mann bewirtete uns königlich. Zu eisgekühltem Campari als Aperitif gab es Pistazien und Erdnüsse.

»Aflatoxingifte in den Nüssen und krebserregender Farbstoff in dem Getränk«, flüsterte Albert mir zu. »Das weiß man doch schließlich, daß es die Italiener nicht so genau mit den Kontrollen nehmen.« Immerhin wußte ich schon von einer früheren Begegnung mit ihm, daß

Aflatoxine Lebergifte sind, die ein Pilz bei Befall von Nüssen bildet.

Inzwischen tischte der Hausherr sein malerisches Gericht auf: Rindfleischragout, Reis mit gerösteten Pinienkernen, drei prächtige Salate und viele Schälchen mit appetitanregenden Soßen, frisch gebackenes knuspriges Fladenbrot, eingelegte Pepperoni und mehrere Sorten Oliven. Dazu gab es trockenen Rotwein und eiskaltes Wasser – alles mit einem Lächeln des großzügigen Gastgebers serviert. Ein Schlaraffenland, dachte ich gerade und atmete tief durch, um auch meinen neidischen Lungen etwas zu gönnen.

»Woher kommt dieses Rindfleisch?« fragte Albert unerbittlich mitten hinein in diesen Traum.

»Das weiß ich nicht«, antwortete der Gastgeber. »Das Rind trug keinen Ausweis bei sich«, fügte er scherzend hinzu und wollte mit der Verteilung seiner Genüsse beginnen. Doch da kannte er Albert schlecht, der übrigens erstmals bei ihm zu Gast war, aber was spielte das für eine Rolle? Es ging um Leben und Tod.

»Und ich will nicht an Rinderwahnsinn sterben. Weiß jemand am Tisch, wie er wirkt, wie das aussieht?« Und weil der Gastgeber nur eine blasse Ahnung von der Entwicklung der Krankheit hatte, klärte ihn Albert auf über Muskelverfall und die Metamorphose der Augen zu heraushängenden, wäßrigen Bällen, die qualvolle Verformung des Mundes zu einer seiernden und nach Verwesung stinkenden Hölle.

»Dann setzen Sie sich doch solange abseits«, schlug der Hausherr klug und höflich vor, als er die Gesichter seiner Gäste sah, denen gar keine andere Wahl geblieben war als Albert zuzuhören. Nichts haßt ein leidenschaftlicher Koch so sehr wie einen immer das Schlimmste erwartenden Nörgler. Er wollte vom Appetit noch das retten, was zu retten war. »Warten Sie einfach, bis wir fertig sind. Wenn wir den Rinderwahn bekommen, verzichten Sie auf Ihr Essen, und wenn wir normal bleiben, serviere ich Ihnen eine prächtige Portion nach.«

Da war aber der leichtfertige Araber mit seiner ungezügelten Lebenslust an den Rechten geraten. »Das ist doch lächerlich«, sagte Albert kühl. »Der Rinderwahnsinn tritt erst nach einer Inkubationszeit von bis zu dreißig Jahren ein.«

Wir waren alle weit über vierzig. Ein lahmfüßiger Virus würde mich also mit achtundsiebzig dahinraffen, wenn er mich überhaupt fände.

Aber das Gift von Alberts Gesundheitswahn wirkte sofort.

Das Genie

Seit knapp einem Vierteljahrhundert lebe ich nun in Deutschland. Und ich habe, abgesehen von den Arabern, selten ein Volk gesehen, das seine Genies so verkennt wie die Deutschen. Willy Brandt wurde am allerwenigsten in Deutschland geschätzt. Aber auch das Geniale an Helmut Kohl wird perfekt mißverstanden. Merkwürdigerweise wird Willy Brandt von den Dümmsten, Helmut Kohl von den Klügsten verachtet. Wenn man aber ernsthaft nachbohrt, verblaßt ihr ganzes Waffenarsenal zu Schall und Rauch. Nichts als abgestandene Stammtischwitze bleibt zurück.

Wäre Helmut Kohl schlank, uns wären all die Witze und Karikaturen, die sich der Form seines Körpers bedienen, erspart geblieben. Helmut Kohls Auftritte seien plump, sagen seine Kritiker. Ja, es stimmt: Er war nie ein charismatischer Führer und hat im Gegensatz zu vielen anderen nicht die Gabe eines schlagfertigen Polemikers. Aber warum schlägt uns ausgerechnet ein mieser Typ, der für jede seiner vielen Schweinereien Kritikern gegenüber stets eine geschliffene Antwort parat hat, soviel mehr in Bann? Warum hat so einer die Lacher immer auf seiner Seite? Wünschen wir uns etwa solche Polithalunken? Hat es denn wirklich der Kanzler einer Weltmacht nötig, ständig Pointen zu suchen? Nein, auch muß er nicht unbedingt eine Fremdsprache können. Weder Caesar noch Kalif Mu'awia beherrschte andere Sprachen, dafür aber Weltreiche.

Planen, Strategien entwickeln, den richtigen Schritt zur richtigen Zeit tun, zum entscheidenden Problem den richtigen Gedanken fassen – wer das kann, muß nicht auch wunderbar sprechen können. Genies sind nur in bestimmten Punkten unübertroffen klug. Einstein war in vielem ein naives Kind, aber in der Vorstellung von Energie, Zeit und Raum war er einmalig.

Mag Helmut Kohl in 99 von 100 Fragen unter dem Niveau seiner Kritiker sein, in einer zumindest ist er allen Gegnern gemeinsam haushoch überlegen. Die hundertste Frage lautet: Wie behält man als Herrscher die Macht?

Keiner verlangte von Einstein, so schnell zu schwimmen wie Michael Groß, oder von Thomas Alfa Edison, die arabische Schrift zu lesen. Nein, ich bin sicher, Helmut Kohl ist ein Genie, das sich mit den Großen der Geschichte vergleichen läßt. Wenn man all seine großkalibrigen Gegner und Konkurrenten betrachtet, die er ganz ohne Mord und Totschlag im Rahmen der Demokratie beseitigen konnte, begreift man, daß sie alle eins nicht besaßen: Genie in puncto Machterhalt.

Er verbrauchte seine Koalitionspartner, zermürbte die Opposition und machte die eigenen Parteigänger lächerlich. Und wie alle Großen wird auch er ein Chaos hinter sich zurücklassen.

ANDERE SITTEN

In Damaskus fühlt sich jeder Gastgeber beleidigt, wenn seine Gäste etwas zu essen mitbringen. Und kein Araber käme auf die Idee, selber zu kochen oder zu backen, wenn er bei jemandem eingeladen ist. Die Deutschen sind anders. Wenn man sie einlädt, bringen sie stets etwas mit: Eingekochtes vielleicht oder Eingelegtes, manchmal auch selbstgebackenen Kuchen und in der Regel Nudelsalat. Warum Nudelsalat, mit Erbsen und Würstchen und Mayonnaise? Auch nach zweiundzwanzig Jahren in Deutschland finde ich ihn noch schrecklich.

In Damaskus hungert ein Gast am Tag der Einladung, weil er weiß, daß ihm eine Prüfung bevorsteht. Er kann nicht bloß einfach behaupten, daß er das Essen gut findet, er muß es beweisen, das heißt eine Unmenge davon verdrücken. Das grenzt oft an Körperverletzung, denn keine Ausrede hilft. Gegen die Argumente schüchterner, satter oder auch magenkranker Gäste halten Araber immer entwaffnende, in Reime gefaßte Erpressungen bereit.

Deutsche einzuladen ist angenehm. Sie kommen pünktlich, essen wenig und fragen neugierig nach dem Rezept. Ein guter arabischer Koch kann aber gar nicht die Entstehung eines Gerichts, das er gezaubert hat, knapp und verständlich beschreiben. Er fängt bei seiner Großmutter an und endet bei lauter Gewürzen, die kein Mensch kennt, weil sie nur in seinem Dorf wachsen und ihr Name für keinen Botaniker ins Deutsche zu übersetzen ist. Die Kochzeit folgt Gewohnheiten aus dem Mittelalter, als man noch keine Armbanduhr hatte und die Stunden genüßlich vergeudete. Ein unscheinbarer Brei braucht nicht selten zwei Tage Vorbereitung, und das unbeeindruckt von aller modernen Hektik.

Deutsche Gäste kommen nicht nur pünktlich, sie sind auch präzise in ihren Angaben. Wenn sie sagen, sie kommen zu fünft, dann kommen sie zu fünft. Und sollten sie wirklich einmal einen sechsten Gast mitbringen wollen, telefonieren sie vorher stundenlang mit dem Gastgeber, entschuldigen sich dafür und loben dabei die zusätzliche Person als einen Engel der guten Laune und des gediegenen Geschmacks.

So großartig Araber als Gastgeber sind, als Gäste sind sie dagegen furchtbar. Sie sagen, sie kommen zu dritt um zwölf Uhr zum Mittagessen. Um sieben Uhr abends treffen sie ein. Und vor Begeisterung über die Einladung bringen sie Nachbarn, Cousins, Tanten und Schwiegersöhne mit. Aber das bleibt ihr Geheimnis, bis sie vor der Tür stehen. Sie wollen dem Gastgeber doch eine besondere Überraschung bereiten. Einmal zählten wir in Damaskus eine Prozession von 29 Menschen vor unserer Tür, als meine Mutter ihre Schwester eingeladen hatte, um mit ihr nach dem Essen in Ruhe zu reden.

Ein leichtfertiges arabisches Sprichwort sagt: Wer vierzig Tage mit Leuten zusammenlebt, wird einer von ihnen. Seit über zweiundzwanzig Jahren lebe ich inzwischen mit den Deutschen zusammen, und ich erkenne Veränderungen an mir. Aber die Mitbringsel der Gäste? Wein kann ich inzwischen annehmen, aber Nudelsalat – niemals.

Klein, hart und beherzt

Es fing harmlos an. Patrik Landolt, Redakteur der Schweizer *Wochenzeitung*, wollte ein Interview mit mir führen. Es ging um Gott, Orient, Ausländer, Fundamentalismus, Exil und die übrige Welt. Wir trafen uns in Zürich. Das Interview verlief gut, und wir hatten etwas Zeit, einen Espresso zu trinken. Er fragte, ob ich für die *Wochenzeitung* schreiben würde. Ich hatte früher meine bittere Erfahrung mit zwei radikalen Zeitungen gemacht und wollte meine Tage nicht damit vergeuden, unbelehrbare Trampeltiere zum sensiblen Umgang mit Fremden zu erziehen. Also sagte ich höflich, ich hätte keine Zeit, was ja auch stimmte. Bald aber rief er noch einmal an, und wir sprachen über den Untergang der Sensibilität bei den

Linken gegenüber Kunst und Literatur. Ich erzählte leichtsinnigerweise von einer Tradition in den Mittelmeerländern, wo sich Schriftsteller wie Nagib Mahfus, Emil Habibi, Ghada Samman, Amos Oz, Nawal Sa'dawi, Umberto Eco oder P. P. Pasolini ganz selbstverständlich in Zeitungen zu Wort melden und Kolumnen über Wichtiges und Alltägliches schreiben, mehr oder weniger zeitlose Themen behandeln und sich damit politisch einmischen, weil die Meinungsbildung der Leser Politik ist. Auch und gerade die lächelnd daherkommenden Kolumnen sind in den Mittelmeerländern beliebt. Patrick Landolt war begeistert, und ich saß in der Falle.

Den Namen *Olivenkerne* habe ich nicht lange gesucht. Seit meiner Kindheit habe ich ein besonders inniges Verhältnis zum Olivenbaum, zu den Oliven und ihren Kernen. Das Mittelmeer ist die Heimat dieser merkwürdigen Pflanze. Der Olivenbaum ist das Symbol der Verbundenheit mit der Erde, der Güte und Barmherzigkeit. Die Früchte sind nahrhaft, aber nicht jedem schmecken sie, so wie es in der Literatur auch ist. Und mit den Kernen haben wir auf der Gasse gespielt und Ketten aus ihnen gemacht. Das Holz der Kerne hat eine schöne Struktur. Wenn man beide Spitzen abfeilt, erhält man die Form eines Minifasses. Der weiche Kern im Innern kann leicht mit einer Nadel durchstoßen werden. So entsteht ein Rosenkranz oder einfacher Schmuck. Derlei haben wir als Kinder oft gemacht und geübt, vielleicht in weiser Vorahnung, weil in Arabien zu viele Menschen Bekanntschaft mit Gefängnissen machen müssen. Dort sind die Olivenkerne, neben den winzigen Glasperlen, das häufigste Arbeitsmaterial, mit dem die Gefangenen ihre Zeit totschlagen und etwas Geld verdienen.

Einmal wollte ich eine Reihe mit Literatur aus der Dritten Welt herausgeben und sie »Olivenkerne« nennen. Doch daraus wurde nichts, und so spukte der Name ein ganzes Jahrzehnt lang ungenutzt in meinem Hirn herum – auf Gelegenheit wartend. Kein Wunder, daß er sofort auf die Zunge sprang, als ich der Redaktion per Telefon einen Namen für meine Kolumne durchgeben sollte.

Woche für Woche wollte ich knappe Texte liefern, die kernig, hart, beherzt und möglichst unterhaltend sein sollten, das heißt: von langer Haltbarkeit. Das allerschwerste für mich war nicht, wöchentlich Themen zu finden, sondern jede Woche *kurz* zu schreiben.

Um mir meinen eigenen Reinfall schmackhaft zu machen, sagte ich mir und meiner Frau: »Es lohnt sich für mich als Autor, zu experimentieren!«

Das Experiment fing an: Die erste Folge erschien am 18.2.1994. Die Olivenkerne holperten und polterten, doch es ging! Nach kurzer Zeit machte mir die Herausforderung Spaß, und ich schrieb ohne Verkrampfung und lernte auch den Genuß der Kürze kennen.

Meine Freude war groß, wenn ich Woche für Woche das Resultat auf der letzten Seite der *WoZ* gedruckt sah. Und bald erfuhr ich sogar, daß es Leser gab, die die Zeitung zuerst hinten, sozusagen arabisch, aufschlugen.

Ich hatte Angst vor Überraschungen und Zeiten, in denen ich durch Krankheit oder Auslandsaufenthalt der wöchentlichen Verpflichtung nicht hätte nachkommen können. Deshalb nahm ich mir, lange bevor die Serie anfing, die Zeit, eine zeitlose eiserne Reserve zu schreiben, auf die ich nur im Notfall zurückgreifen wollte. Der Notfall trat aber zweiundfünfzig Wochen lang – bis zum letzten Olivenkern am 17.2.95 – nicht ein, und die Reserve ist unangetastet geblieben. Im Buch werden nun diese besonderen Olivenkerne zum ersten Mal gedruckt.

Rafik Schami

Inhalt

Die Traumfrau 7
Nachahmen 9
Entdeckungssucht 11
Metamorphose 13
Fragen 15
Müllsortierer 17
Moderne I 19
Winzlinge 21
Loblied 23
Kronprinzerwürger 26
Weitsicht 28
Die Liebenden 30
Der E-Furz 33
Das Foto 36
Die Wette 38
Preisempfehlung 41
Diaabende 43
Experten 45
Lottospieler 47

Beamtenlyrik 50
Fehlkonstruktion 52
Neutrum 54
Augenreiben 57
Autowäsche 59
Moderne II 61
Quiz 63
Respektlos 66
Die Entdeckung 68
Frieden 71
Lächeln 73
Paradies I 75
Paradies II 77
Porträt 79
Vier Augen 81
Sparen 83
Penner 86
Unverständlich 88
Bestseller I 91
Drahtlos 93
Herbststimmung 95
Nomaden 97
Spielzeug 100
Erinnerung 102
Im Schatten 104
Sternzeichen 106
Straflos 109
Radiotime 111
Herrscher I 113
Herrscher II 115

Verwirrung 117
Kinderhefte 120
Bestseller II 122
Prozentprophet 125
Gesundes Leben 127
Das Genie 130
Andere Sitten 133
Klein, hart und beherzt 137